GOOD FOR
ONE
RATION
OF MEAT
GOOD FOR
ONE
RATION
OF MEAL

Edition
CONVERSO

Antonello da Messina *Ritratto d'Uomo* (zwischen 1465 und 1476),
Museo Mandralisca, Cefalù, Sizilien.

Enrico Deaglio

Eine wahrhaft schreckliche Geschichte zwischen Sizilien und Amerika

Essay

Aus dem Italienischen von
Klaudia Ruschkowski

Edition Converso

Für Suzanne und Albert Paxton

1 Vor dem Lynchkommando

Die Schlinge lag bereits um Frank Defattas Hals, und sie hatten ihm auch eine Zigarre in den Mund gesteckt. Er wandte sich an die Menge und schrie in dem gebrochenen Englisch der *Dagos*:
»I liva here sixa years. I knowa you all. You alla my frienda.«
Mit einem schroffen Ruck zogen sie ihn in die Höhe, das Seil scharrte über die Rinde der Pappel, und Frank hörte auf zu schreien. Die Zigarre fiel aus seinem Mund, und er begann zu husten. Während dieser wenigen Sekunden glaubte er jedoch noch immer, dass sie ihn herunterlassen würden: Er kannte sie, jeden Einzelnen von ihnen, seit sechs Jahren waren sie alle seine Freunde.
Er dachte nicht, dass seine Geschichte hier schon zu Ende wäre, er glaubte vielmehr, dass sie ihm nur Angst einjagen wollten, ihm und seinen Brüdern, dass er am Leben bliebe, um die Sache viele Jahre später zum Besten zu geben: Wie sie ihn unerwartet vor dieses Lynchkommando gestellt hatten. Er hätte nicht von seinem Vater angefangen, von der Kälte und den Zigeunern. Nein, er hätte erzählt, wie die Welt von oben aussieht, so, wie Christus sie vom Kreuz aus sah. Man brauchte nur ein Stückchen hinaufzuklettern, und schon

wurden die Menschen so klein, während sich andererseits die Erde in ihrer ganzen Größe auftat, die endlose Ebene, die gelbe Biegung des großen Flusses und zugleich die Distanz von der Welt, von zu Hause.

Er hätte erzählt, dass er sich in einem Traum in dem großen alten Dom seines Städtchens gesehen hatte, als Kind an der Hand seines Vaters Nicolò, unter dem riesigen Antlitz des Christus Pantokrator, zusammengesetzt aus Millionen von Mosaiksteinchen, kleine goldene Punkte, die Kinder und Seeleute bei Unwetter beschützen. Und es schien ihm jetzt, als hätte die segnende Hand dieses Christus zwischen Zeige- und Mittelfinger schon immer eine Zigarre gehalten.

Doch die da unten lockerten das Seil nicht, im Gegenteil, sie zogen es an. Und so starb Frank Defatta unter Husten, während ihm die Augäpfel aus den Höhlen quollen. Ein Stück entfernt hatten sie gerade auch seine Brüder aufgehängt, und jetzt kamen noch die beiden letzten an die Reihe. Die große Pappel diente in den vergangenen Jahren immer demselben Zweck. Gut ein Dutzend Schwarze – Aufständische, Vergewaltiger, Diebe – hatten dort ihr Ende gefunden, und vielleicht waren die Brüder Defatta unter denen gewesen, die diese Szenen von unten beobachtet hatten. Jetzt also hatten sie fünf *Dagos* aufgehängt. *Dagos*, eine abwertende Bezeichnung für die Sizilianer, die als eine besondere Art von Schwarzen galten. Damals wie heute machen die Schwarzen etwa achtzig Prozent der Bevölkerung von Madison Parish* aus.

* Ein Parish, wörtlich übersetzt »Gemeinde« oder »Pfarrgemeinde«, ist eine Verwaltungseinheit in englischsprachigen Ländern und findet sich wie hier auch als Namensbestandteil von Gebietsbezeichnungen. Es entspricht den Landkreisen oder Gemeinden in Deutschland. Der US-Bundesstaat Louisiana benutzt als einziger Bundesstaat für seine Landkreise durchgängig die Bezeichnung Parish anstelle des üblichen County. [Anm. d. Übers.]

Es herrschte eine große Hitze an jenem Sommerabend des 20. Juli 1899. Die Nachrichten wurden mit vielen Stunden Verspätung in den Telegrafen gehämmert, nämlich erst, nachdem man dem Telegrafisten die Augenbinde abgenommen und ihn losgebunden hatte. Die Mitteilung lautete, dass in der Kleinstadt Tallulah, dem Verwaltungssitz von Madison Parish im nordöstlichsten Winkel des Bundesstaates Louisiana, eine »geordnete und schweigsame, aber höchst entschlossene« Menschenmenge – unter Berufung auf den Brauch der Lynchjustiz – dafür gesorgt hatte, dass fünf dort ansässige Italiener den Tod durch Erhängen fanden.

Ihre Namen:
Giuseppe (Joe) Defatta, 34 Jahre
Francesco (Frank) Defatta, 30 Jahre
Pasquale (Charles) Defatta, 54 Jahre
Rosario Fiduccia, genannt Sy Defichi, 37 Jahre
Giovanni Cirami, genannt John Cerano
oder Cyrano, 23 Jahre.

Die drei Defattas waren Brüder. Und alle fünf stammten aus der sizilianischen Ortschaft Cefalù, handelten mit Obst und Gemüse, besaßen zwei Geschäfte in Tallulah und Karren für den Straßenverkauf.
Die Gründe für das kollektive Lynchen erwiesen sich als dürftig, auf jeden Fall als unglaublich.
Begonnen hatte alles mit einer Ziege. Sie gehörte einem der Brüder Defatta und fraß wie immer das Gras auf der Wiese von Doktor J. Ford Hodge, dem Amtsarzt. Der hatte sich mehrmals schon beschwert, aber nie Gehör gefunden, und die Ziege, als sie erneut auf seinem Grundstück aufgetaucht war, mit einem Schuss aus seiner Pistole getötet. Die Gruppe der Sizilianer hatte daraufhin Rache geschworen, einer von ihnen hatte auf Doktor Hodge geschossen und ihn ernstlich

verletzt. So erklärte sich die Reaktion der Bürgerschaft, etwa zweihundert Personen, die eine Menschenjagd anzettelten. Zwei der Gejagten wurden in der Nähe des Ortes gestellt, wo es zum Anschlag auf den Doktor gekommen war, die anderen drei etwas weiter entfernt. Die fünf, wegen ihres gewaltbereiten und angriffslustigen Verhaltens bereits einschlägig in der Gemeinde bekannt, wurden des Komplotts zur Ermordung des Doktors und in diesem Zusammenhang der Errichtung eines Terrorsystems in Tallulah für schuldig befunden. Und dann gehängt. Aufgrund der herrschenden Dunkelheit hatte sich weder der Sheriff noch sonst jemand in der Lage gesehen, auch nur einen der an der Lynchaktion Beteiligten zu identifizieren. Eine unmittelbar einberufene Grand Jury* erklärte, dass keiner der Bürger von Tallulah wegen dieser Angelegenheit in irgendeiner Weise unter Anklage gestellt werden durfte.
Die Zeitungen sprachen dann noch von einem sechsten Italiener, auch er ein Sizilianer aus Cefalù, ein gewisser Giuseppe (Joe) Defina, ein Schwager der Defattas, der mit seinen beiden Söhnen im nahegelegenen Milliken's Bend, am Westufer des Mississippi, eine Gemischtwarenhandlung betrieb. Die Menge hatte versucht, auch mit ihm abzurechnen, aber Joe Defina war es gelungen, über den Fluss zu fliehen.

Wie ich erfahren sollte, war die ganze Geschichte jedoch viel größer. Größer heißt schrecklicher, niederträchtiger, mysteriöser, aber auch abenteuerlicher und mit fast märchenhaften Zügen.

* Nach US-amerikanischem Strafprozessrecht entscheidet eine aus 12 bis 23 Personen bestehende, nicht öffentlich tagende Grand Jury darüber, ob die von der Staatsanwaltschaft vorgelegten Beweise ausreichen, um eine Anklage zu rechtfertigen. [Anm. d. Übers.]

Für den Moment soll das genügen, denn ich will dem Leser erzählen, wie ich von der Sache erfahren habe und warum sie mich so gefesselt hat.

Der Anfang ist wirklich recht merkwürdig. Die Familie meiner Frau Cecile – väterlicherseits seit drei Generationen italo-amerikanisch, mütterlicherseits franko-irisch – stammt aus Texarkana, einer Kleinstadt im Grenzgebiet zwischen Texas, Arkansas und Louisiana. Meine Schwägerin Suzanne, die älteste der drei Brunazzi-Schwestern – meine Frau ist die jüngste und Elizabeth die mittlere – ist mit Albert Paxton verheiratet, einem mittlerweile über neunzigjährigen Herrn, dem Ländereien in Tallulah, Louisiana, gehören. Auch heute noch betreiben Albert und Suzanne eine große Farm, wo über Jahrzehnte Baumwolle, Soja und Mais angebaut wurden, und züchten *cutting horses*. Diese Pferde erinnern an das Amerika der guten alten Zeit. Sie waren als Arbeitspferde darauf getrimmt, in den großen Rinderhaltungen kranke oder verletzte Tiere von einer ziehenden Herde zu trennen. Heutzutage werden die *cutting horses* für den Sport trainiert und bei den beliebten Westernspektakeln an etlichen Orten der Vereinigten Staaten eingesetzt. Ihre Fertigkeit, die sie in jahrelanger Zurichtung erworben haben, besteht darin, ein Kalb in Läufen von knapp einer Minute von der Herde zu trennen, ohne mit ihm in Berührung zu kommen oder es zu verletzen. Preisrichter beurteilen die Eleganz und das Wesen der Bewegungsabläufe von Pferd und Reiter. Dies ist ein Sport für Kenner und Gentlemen, bei dem die Wetteinsätze hoch sind und die guten Pferde sich als wahre Juwelen auf vier Beinen erweisen.

Meine Frau und ich fahren regelmäßig nach Tallulah, heute kaum mehr als ein Haufen heruntergekommener Häuser an den Bayous, den versumpften Seitenarmen und Gewässern rund um den Mississippi, den großen Fluss. Zur Zeit unserer Geschichte, vor allem aber kurz davor, war Tallulah ein Brennpunkt des beispiellosen Kampfes zwischen dem Süden und dem Norden, zwischen den Befürwortern der Sklaverei und den Abolitionisten. Über diese mit Baumwolle bepflanzten Weiten zog im wahrsten Sinn des Wortes die Weltgeschichte hinweg.

Heute kämpft Tallulah eher mit dem Problem, die Zeit totzuschlagen. Deshalb ging ich eines Tages, das ist schon eine ganze Weile her, zum kleinen Sitz des Ortsvereins, wo Tina Johnson, eine junge Mitarbeiterin, sich die schier übermenschliche Aufgabe gestellt hatte, den Tourismus nach Tallulah zu holen. Das gesamte Gebiet ist berühmt für seine Bären, und 1907 kam Teddy Roosevelt, der Präsident der Vereinigten Staaten, auf Einladung einiger befreundeter Großgrundbesitzer zu einem Jagdausflug just hierher. Und da geschah das berühmte Ereignis, das in die Geschichte einging. Roosevelt hatte sein Messer schon auf einen kleinen Bären angesetzt (damals war die Jagd eine ziemlich blutige Angelegenheit), doch in letzter Minute verschonte er ihn. Dieses glückliche Bärchen wurde dann auf den Namen *Teddy Bear* getauft. Der Teddybär eben, ohne den kein Kind der Welt mehr zu Bett geht, sein bester Freund, wenn es Fieber hat, wenn ihm irgendein Missgeschick zugestoßen ist. Dieser Teddybär also erblickte in Tallulah das Licht der Welt. Und so entstand der Slogan: »Besucht Tallulah, die Stadt von Teddybär.« (In Wahrheit, das entdeckte ich später, blieb Tina bei dieser Geschichte bewusst etwas vage, denn Roosevelt war zwar zur Jagd nach Tallulah gekommen, die Episode mit dem Bären aber, das steht inzwischen fest, ereignete sich im benachbarten Bundesstaat Mississippi.)

Während wir uns so unterhielten, ließ Tina fallen: »Aber wissen Sie denn, dass hier vor sehr langer Zeit fünf Italiener

gelyncht wurden?« Sie verwahrte sogar einige Zeitungsausschnitte über den Fall.
Beim Abendessen berichtete ich davon, und Suzanne wurde regelrecht traurig. »Oh, sie haben es dir tatsächlich gesagt …« Sie hatte ihren Freundinnen im Country Club, mit denen sie jeden Mittwoch Bridge spielte, erzählt, dass ihre Schwester einen Italiener heiraten und mit ihm nach Tallulah kommen würde. Und natürlich konnten die Freundinnen sich die Bemerkung nicht verkneifen: »Hoffentlich bekommt dein Schwager nichts von den fünf gelynchten Italienern mit …«
Aber die geschwätzige Tina hatte ihren Mund nicht halten können, und so habe ich von der Geschichte erfahren. Noch merkwürdiger war, dass ich in Tallulah verschiedenen Leuten begegnet bin, deren Familien ebenfalls aus Cefalù stammen. Allerdings waren sie erst lange nach den schrecklichen und mysteriösen Vorfällen von 1899 hierhergekommen.

Außer dem Ortsverein von Tina Johnson (das Büro ist mittlerweile geschlossen, sie selbst wohnt nicht mehr in Tallulah) gibt es noch einen anderen Ort, an dem lokales Erinnerungsgut bewahrt wird. In einem Museum, es besteht aus drei Räumen, hütet John Earl Martin – ein ehemaliger Kriegspilot, dem später die noch weitaus gefährlichere Aufgabe zuteilwurde, aus einer Flughöhe von zehn Metern über dem Boden chemische Düngemittel auszubringen – Fotografien und offizielle Dokumente des Städtchens. Er kannte die Geschichte. Sie hatte sich ganz in der Nähe ereignet. Vom Fenster aus zeigte er mir den Haken neben den Bahngleisen, an dem man damals die Ochsenviertel trocknete (hier wurden die ersten zwei Sizilianer erhängt), und den Ort, an dem die riesige, vor Zeiten bereits gefällte Pappel gestanden hatte, die den anderen dreien zum natürlichen Galgen geworden war.

Mr. Martin zog also aus einem der Schubfächer seines Archivs eine blaue Mappe mit der Aufschrift *Tallulah lynchings*, darin ein Zeitungsausschnitt und ein verschlossener Umschlag. Im Umschlag, den wir wie Komplizen öffneten, steckte eine Diskette. Leider war sie so vorsintflutlich, dass wir nie mehr erfahren werden, was darauf gespeichert war. Der Zeitungsausschnitt hingegen erwies sich als aufschlussreich. Es handelte sich um einen Leitartikel der Wochenzeitung *Madison Journal* von 1974, verfasst von deren Herausgeber Carroll Regan, einem bekannten Lokaljournalisten, der leider bereits seit vielen Jahren tot ist.
Der Artikel war mit *Das Skelett von Tallulah* überschrieben und enthielt folgenden Absatz:

> Die Bürger von Vicksburg, denen das Gesetz lieb und teuer ist, reagierten schockiert auf das brutale Vergehen, das sich im Nachbarort ereignet hat. So hat die italo-amerikanische Gemeinschaft von Vicksburg gefordert, die sterblichen Überreste ihrer ermordeten Landsleute zu exhumieren und nach Vicksburg zu überführen, um sie auf dem städtischen Friedhof beizusetzen. Als die Leichname eintrafen, gaben ihnen etwa dreißig italienischstämmige Vicksburger das Geleit bis zur Grabstätte. Dort bestattete man sie ohne religiöses Zeremoniell, da sie zwar Mitglieder der Kirche gewesen waren, aber »keine praktizierenden«.

Hier kam eine weitere Komponente der Geschichte ans Licht, über die damals keine einzige Zeitung berichtete. Die Leichen der fünf Bauern beziehungsweise Händler aus Cefalù waren demnach auf irgendeinem Acker verscharrt worden, anonym und würdelos. Heute weiß man, dass es Usus war, nach Lynchaktionen auf die hängenden Körper zu schießen, ihnen Finger und Nasen abzuschneiden, Fotografien von ihnen zu machen, die dann als Postkarten verschickt wurden. Nicht bekannt ist, ob das ganze Ritual auch den fünf Männern aus Cefalù zuteilwurde. Jedenfalls musste etwas Unvorhergesehenes eingetreten sein, wenn die Lynchknechte sich gezwungen sahen, zumindest eine gewisse Form von Pietät zu wahren.

Die sterblichen Überreste der Männer, die im Staat Louisiana getötet wurden, überquerten den Fluss, um im Staat Mississippi beigesetzt zu werden. Das Vicksburger Beerdigungsinstitut Fisher Funeral Home übernahm die Umbettung und das Begräbnis, der Ordensträger Natale (Nat) Piazza, Honorarkonsul des Königreichs Italien in Vicksburg und Besitzer eines stadtbekannten Hotels, trug die Kosten von gut einhundertsechzig Dollar.

Allmählich füllte sich die Szene mit Gestalten.

Und so war meine Neugier endgültig geweckt, und ich begann, Nachforschungen über diese groteske Geschichte anzustellen: Fünf unglückselige Sizilianer, zehntausend Kilometer von ihrem Heimatstädtchen entfernt, wegen einer ungehorsamen Ziege grausam ermordet. Ich musste einfach herausfinden, wie sie dort gelandet waren, dachte aber auch daran, ihr Ansehen wiederherzustellen oder zumindest ihre Version der Geschichte zu hören, auch wenn bis zum Zeitpunkt meiner Recherchen hundertfünfzehn Jahre vergangen sind und ihr Fall womöglich niemanden mehr interessiert.

Gegenwärtig gewinnen viele Elemente jener alten Geschichte erneut an Bedeutung.

Sizilien beispielsweise. Einst Reservoir von Auswanderern, ist es heute tragisches Einwanderungsziel von Arabern und Afrikanern, mit gesunkenen Booten und Leichen, die sich in Fischernetzen verstricken oder unter den Augen der Touristen an den Strand gespült werden.

Der totgeglaubte Rassismus ist lebendiger denn je. In Italien, wo übrigens sein erstes Winseln zu vernehmen war, findet er heute wieder eine breite Akzeptanz. Und mit Sicherheit erregt er kein Aufsehen mehr, zumal bekennende Rassisten in den Regierungskabinetten saßen, Politik machten und Gesetze und Verordnungen diktierten.
Die öffentlichen Hinrichtungen im Nahen Osten, regelrechte, immer raffiniertere Shows, sind die Spektakel, mit denen das Fernsehen die größten Einschaltquoten erzielt.
Je weiter ich mich in die tragische Odyssee der fünf Underdogs vertiefte, desto mehr musste ich über Pech oder Zufall als entscheidendes Moment im menschlichen Leben nachdenken: Hätte Joe Defatta doch nur seine Ziege angebunden, dann wäre es vielleicht nicht zu diesem Massenmord gekommen.
Bald begreift man jedoch, dass dem nicht so ist.
Als ich begann, ihre Geschichte zu erzählen, entdeckte ich, dass es damals einen kalten Wind gab, der diese Leute von Sizilien nach Amerika begleitete. Schlimme Ideen nahmen in jener Zeit Gestalt an, breiteten sich aus, organisierten sich, wurden mächtig und furchterregend.

2 Das Gemälde von Antonello

Es existiert nur eine einzige Fotografie von Francesco (Frank) Defatta, die seinen Aufenthalt auf dieser Erde bezeugt. Der Bauer aus Cefalù, der »am düsteren Ende des sterbenden Jahrhunderts«, wie es in einem Revolutionslied heißt, in Tallulah gelyncht wurde, hatte sie in einem Fotoatelier in Vicksburg anfertigen lassen. Diese so bedeutende wie schöne Stadt, errichtet auf einer steil vorspringenden Anhöhe über dem Zusammenfluss von Mississippi und Yazoo, gilt wegen ihrer strategischen Bedeutung im Amerikanischen Bürgerkrieg als das »Gibraltar der Konföderierten«. Frank hatte auch seinen Bruder Joe und seinen Vetter Rosario Fiduccia mitgebracht. Die drei *Dagos* steckten in guten Anzügen, die ihnen der Fotograf zu diesem Anlass überlassen hatte: dunkle Jacke, weißes Hemd, breite Krawatte, Weste. Darüber gut sichtbar eine schwere goldene Kette, der Verweis auf die Uhr in der Westentasche. Wie jeder andere vor dem Objektiv, machen auch Defatta und Fiduccia einen steifen Eindruck. Joe sitzt halb auf der Armlehne eines Korbschaukelstuhls und hält einen Hut in der Hand. Fiduccia steht neben einer quadratischen Säule aus falschem Marmor, den Ellbogen aufgestützt.

Unsere drei hatten demzufolge ein paar Sprossen der sozialen Leiter erklommen: Sie waren zu *businessmen* geworden. Und zugleich genau das geblieben, was man sich unter einem *Dago*, einem Sizilianer also, vorstellte – sprich, wie die Berichte der populären Zeitungen und die gelehrten Messungen der Forscher übereinstimmend erklärten, die klassischen Exemplare einer »Rasse«, die nicht wirklich weiß, sondern von einer minderwertigen Farbe war. Ihre Hautfarbe resultierte, um es wissenschaftlicher auszudrücken, aus einer jahrhundertelangen Vermischung mit afrikanischem Blut. Das hatte bereits zu Zeiten Hannibals seinen Anfang genommen, sich still und leise fortgesetzt und schließlich gar für den Niedergang und Fall des Römischen Reiches gesorgt.
Etwa neun Jahre vor dem Lynchmord war in weiten Teilen Amerikas bereits eine Klassifizierung nach Rasse, Herkunft und Intelligenz verbreitet. Die Neue Welt rief Millionen von Menschen auf der Flucht vor Hunger, Ungerechtigkeit und Verfolgung. Aber es galt auf der Hut zu sein, wen man sich da ins Haus holte. Und im Fall von Louisiana handelte es sich um eine der turbulentesten Anlaufstellen.
Die Vorstellungen der Amerikaner erwiesen sich damals als recht konfus. Die Gründerväter beispielsweise waren so sehr auf Rom und das alte Griechenland fixiert, dass sie in allen ihren öffentlichen Gebäuden und Monumenten die Bögen und Säulen der antiken mediterranen Kultur kopierten. Dann allerdings begannen sie, Unterschiede zu machen. Der Senator von Louisiana, James Eustis, ein Politiker, der später als Botschafter nach Frankreich ging, brachte es 1890 in einer öffentlichen Rede folgendermaßen auf den Punkt:

> Es ist völlig in Ordnung, Einwanderer aus Norditalien aufzunehmen. Stattdessen aber kommen alle Italiener, die es derzeit zu uns zieht, von der Stiefelspitze und

dem Absatz der Halbinsel und aus Sizilien. In Norditalien, da sind sie wirklich Kelten, genau wie die Franzosen und die Iren, und in der Tat stammen sie in direkter Linie von den Lombarden ab. Die Sizilianer und Kalabresen dagegen sind ein buntes Gemisch von Nachkommen ehemaliger Piraten, Mauren und degenerierten lateinischen Rassen, die es nach dem Fall des Römischen Reiches umhergetrieben hat.

Betrachtet man die Fotografien der Defattas, ihre kurzgeschnittenen, vollen Haare, deren Ansatz tief in die Stirn reicht, die riesigen schwarzen Schnurrbärte, die dichten Augenbrauen, die quadratischen Gesichter, die ganz sicher dunkler sind als die eines Iren oder Deutschen, dann bemerkt man auch etwas in ihrem Blick. Joe und Frank Defatta sind keine Denker oder Melancholiker; ihnen haftet weder etwas Rebellisches noch Unterwürfiges an. In beider Blick liegt vielmehr etwas Verhaltenes, Beobachtendes. Dem Anschein nach sind sie sehr ernsthafte, gefasste junge Männer, beinahe haben sie etwas von Märtyrern. Aber es scheint, als sei diese übermäßige Strenge nur aufgesetzt, als könnte sie nur mit Mühe für den Moment der Aufnahme bewahrt werden. Ihr Mund ist schon bereit, sich zu einem Lächeln zu verziehen, die Augen sind kurz davor, sich unter großem Gelächter zu Schlitzen zu verengen.

Die fünf Gelynchten von Tallulah stammten alle aus der antiken Stadt Cefalù an der Nordküste Siziliens. Seit Urzeiten ist Cefalù bekannt wegen seines spektakulären Kalkfelsens am Meer und der byzantinisch-normannischen Basilika, mit deren Bau König Roger II. Mitte des zwölften Jahrhunderts beginnen ließ, als Dank für seine Errettung aus Seenot. Die bedeutende Hafenstadt Cefalù liegt an einer schwierigen, im

Winter von heftigen Stürmen heimgesuchten Küste, zwischen Palermo und Termini Imerese im Westen, Milazzo und Messina im Osten. Gegenüber öffnet sich der Archipel der Äolischen Inseln, der seit der Antike Zentrum der Zivilisation und des Seehandels und der Hafen schlechthin zwischen Neapel, Sizilien und Malta ist. Seit zweitausend Jahren wird das Land hier kultiviert, werden Weizen, Oliven, Wein und vor allem Zitrusfrüchte angebaut. Die Araber brachten ein ausgeklügeltes Bewässerungssystem mit, dem sich üppige Zitronenhaine verdanken. Zur Zeit unserer Geschichte verkehrte eine Eisenbahn nur wenige Meter vom Meer entfernt zwischen Messina und Palermo (sie fährt heute noch, allerdings recht langsam). Von den zwölftausend Einwohnern waren damals zehntausend vollständige Analphabeten.
Cefalù, diese Stadt mit dem sonderbaren Namen, berühmt für die Mosaiken im Dom, für ihre mittelalterlichen, mit Strandkieseln gepflasterten Gassen, zählt zu den Wahrzeichen Siziliens. Auch international gilt sie als eines der wichtigsten Symbole sizilianischer Identität, seit 1961 der Regisseur Pietro Germi in seinem hinreißenden Film *Scheidung auf Italienisch* die Figur des »Baron Cefalù« erfunden hat, gespielt vom jungen Marcello Mastroianni, der sich in seine sechzehnjährige Cousine Angela (Stefania Sandrelli) verliebt. Dieser Baron Cefalù ist ein adliger Habenichts, ein Faulpelz mit pechschwarzem pomadisiertem Haar und Oberlippenbart. Er heckt einen raffinierten Plan aus, seine Frau aus dem Weg zu schaffen, um endlich seine Cousine heiraten zu können. Fünfzehn Jahre später – Cefalù war bereits zu einem der wichtigsten touristischen Anziehungspunkte Siziliens geworden – beleuchtete Vincenzo Consolo in seinem Roman *Das Lächeln des unbekannten Matrosen* die Rolle der Stadt während des Risorgimento, der italienischen Einigungsbewegung im neunzehnten Jahrhundert. Erzählt wird die Geschichte

des Barons Enrico Pirajno di Mandralisca: ein Adliger und Wissenschaftler – sein Gebiet war die Malakologie, die Erforschung von Schnecken und Muscheln – mit sehr liberalen Ideen, in einem Cefalù zur Zeit von Garibaldis Zug der Tausend und den blutigen Erhebungen um Grund und Boden, zu denen es in jenen Jahren kam. Pirajno (es gab ihn wirklich) mit seiner aufrichtigen Hoffnung auf eine soziale Revolution erwies sich als Gegenstück zum aristokratischen Zynismus eines Don Fabrizio Corbera, Fürst von Salina, dem Helden von Tomasi di Lampedusas Roman *Der Gattopardo* (in der Verfilmung von Luchino Visconti übrigens außerordentlich gelungen dargestellt von Burt Lancaster, einem amerikanischen Schauspieler mit leuchtend blauen Augen). Im *Gattopardo* tritt die Masse der Bauern, der Ausgebeuteten, der von Garibaldi Getäuschten kaum in Erscheinung, der Roman gibt der Unbeweglichkeit einer niedergehenden Aristokratie Raum, die sich mit einer neureichen Klasse von Aasgeiern verbündet. Dafür brechen im *Lächeln des unbekannten Matrosen* die Entrechteten in die Szene ein, bahnen sich mit dem Messer und dem Ideal einer Urgerechtigkeit ihren Weg und werden am Ende vom neuen Staat ermordet oder in Ketten in die Kerker geworfen. Dem armen Baron di Mandralisca bleibt nichts anderes übrig, als dem Volk seine Schneckensammlung zu vermachen, nebst einigen Malereien, die an seinen Wänden hängen.

Am faszinierendsten ist ein kleines Ölgemälde von Antonello da Messina, das *Porträt eines Unbekannten*. Es hatte in der Apotheke Di Salvo an der Hauptstraße von Lipari überdauert, als einer der Türflügel des Apothekerschranks (die Kunden sahen es nur von der Rückseite). Als Pirajno di Mandralisca es 1860 schließlich entdeckte, war es in schlechtem Zustand. Die Tochter des Apothekers hatte beide Pupillen des Unbekannten mit dem Dorn einer Aloe durchbohrt, vielleicht,

weil er ihr Angst machte, vielleicht aber auch, weil er sie an einen Mann erinnerte, der sie nicht geliebt hatte, oder von dem sie verführt und dann verlassen worden war.
Das Bildnis zeigt das Porträt eines vor vier Jahrhunderten geborenen Mannes, wahrscheinlich ein Liparote – Schiffseigner oder Matrose. Antonello hatte zwischen 1470 und 1475 auf Lipari gelebt und dort die Wappen, Insignien und Banner des aufblühenden äolischen Hafens gemalt.
Mandralisca stellte das Gemälde in seinem Privatmuseum aus, das mit allen seinen Sammlungen bei seinem Tod 1863 der Gemeinde von Cefalù zufiel. Und so auch dieses Gemälde. Und hier ist die Geschichte zu Ende … nein! Dank Consolos Roman erwachte der Matrose wieder zum Leben und konnte weiterhin seine beunruhigende Wirkung verbreiten. Der Unbekannte, gemalt in Öl auf schwarzem Grund und in der Manier flämischer Meister in Dreiviertelansicht, trägt ein Barett, das seine Stirn bedeckt, und verzieht die Lippen zu einem spöttischen, feigen, womöglich sadistischen Lächeln. Vielleicht handelt es sich aber auch nur um ein zufriedenes und selbstsicheres Schmunzeln. Es lässt sich gut nachvollziehen, dass die Tochter des Apothekers von seinem Anblick ebenso verängstigt wie fasziniert war. Der Unbekannte ist rätselhaft. Seit Erscheinen des Romans wird darüber diskutiert, ob er nicht gar als das wahre Symbol eines universellen italienischen Charakters gelten mag, eines Geheimnisses vergleichbar dem der Mona Lisa – die Bedeutung seines Blicks, seine erotische Kraft, das Zweideutige, die *sicilianità*.
Leonardo Sciascia beispielsweise schrieb:

> … Wem ähnelt der Unbekannte aus dem Museum Mandralisca? Dem Mafioso vom Land und dem der besseren Viertel, dem Abgeordneten auf den

Bänken der Rechten und dem auf denen der Linken, dem Bauern und dem Staranwalt. Er ähnelt dem, der diese Zeilen schreibt (so wurde ihm gesagt), und bestimmt ähnelt er Antonello. Und versucht einmal, den sozialen Stand und das besondere Menschsein dieses Charakters zu bestimmen. Unmöglich. Handelt es sich um einen Adligen oder einen Mann aus dem Volk? Einen Notar oder einen Bauer? Einen ehrlichen Mann oder einen Gauner? Einen Maler Dichter Meuchelmörder? »Er ähnelt«, das ist alles.

Eben wegen dieser allgemeinen Ähnlichkeit und vielleicht, weil auch ein Meer dazwischen liegt, und Aufbrüche und die Ferne, schien mir, als ähnelte die Fotografie von Joe Defatta Antonellos Unbekanntem. Sein Haaransatz zeichnet dessen Barett nach, die Gesichtsfarbe ist ähnlich, ebenso wie die Haltung des Oberkörpers und des Kopfes. Und natürlich die Augen. Lebendig, ironisch, jungenhaft, bedrohlich.
Heute wissen wir, dass es vor allem ihre Augen und ihre Haut waren, die Defatta und seinen Brüdern den Tod brachten. Jene, die beschlossen hatten, ihrem Leben ein Ende zu machen, fürchteten sich davor. Vor der Farbe ihrer Haut und vor jenen Augen, jenem Lächeln. Genauso wie die Tochter des Apothekers von Lipari angesichts des Gemäldes von Antonello.
Mehr als das Geheimnis der Augen und eines Lächelns standen jedoch zur Zeit unserer Geschichte die Haut samt den Tätowierungen, die angewachsenen Ohrläppchen, die Schädelform der Sizilianer, speziell der armen und rebellischen, im Mittelpunkt einer besessenen Aufmerksamkeit. Von der Wissenschaft des frischgebackenen italienischen Staates wurde eine Erklärung gefordert, warum die kalabrischen, siziliani-

schen und sardischen Bauern so arm und so böse waren. »Das liegt ihnen im Blut«, sagten die Forscher. In den Windungen ihres Gehirns, da sei nichts zu machen. Es wäre ein Segen, gingen sie alle auf und davon nach Amerika.

3 Der sechste Mann

Zur Zeit der Ereignisse war Madison Parish wahrscheinlich das »schwärzeste« Parish in den gesamten Vereinigten Staaten von Amerika. So schwarz, als wäre es eine Provinz des Kongo.

Verloren im Nichts, abgeschieden aufgrund der Entfernung von allem und der Langsamkeit, mit der die Nachrichten eintrafen, erinnert es an das Dorf Macondo in García Márquez' Roman *Hundert Jahre Einsamkeit*. Die amerikanische Regierung erwarb das Gebiet 1803 im großen Louisiana Purchase von Napoleon, zu einem Kaufpreis von fünfzehn Millionen Dollar. (Napoleon war nach seinem verheerenden Ägyptenfeldzug knapp bei Kasse; die Amerikaner hatten erwartet, sehr viel mehr aufbringen zu müssen).

Zu Beginn des neunzehnten Jahrhunderts, ehe Tausende chinesischer Halbsklaven eintrafen, um die Bäume abzuholzen, war der ganze Bezirk ein ausgedehntes Waldgebiet gewesen, bevölkert von Bären und dem Stamm der Choctaw-Indianer, die entlang des Mississippi siedelten. Dutzende von Bayous mit üppiger Vegetation, Heimat zahlreicher Alligatoren, zogen sich am Lauf des großen Flusses dahin. Gerodet und durch Dämme und Wälle befriedet, wurde dieses Land

zu einem der ertragreichsten Territorien für den Anbau von Baumwolle und so zu einer der größten Sklavenansiedlungen in Amerika.
Der Name Tallulah existiert seit 1853. Der örtlichen Legende zufolge hatte sich der junge Eisenbahningenieur, der mit der Festlegung eines neuen Streckenverlaufs beauftragt war, bereits für das benachbarte Richmond entschieden. Er erlag jedoch der Verführung einer schönen Witwe und Besitzerin einer großen Baumwollplantage. Also änderte er den Streckenverlauf und konzipierte die Bahnstation nach den Vorstellungen der Dame. Nachdem sie bekommen hatte, was sie wollte, war sie nicht mehr an dem Ingenieur interessiert. Er muss ein romantischer Typ gewesen sein, da er die neue Station aus Rache Tallulah nannte, nach einer Geliebten, die er in Georgia gehabt hatte. Der Name ist indianischen Ursprungs und bedeutet »springendes Wasser«, sprich Wasserfall.
Die Bahnstrecke verband Tallulah mit den Städtchen Monroe und Shreveport im Nordwesten, mit Baton Rouge, der Hauptstadt von Louisiana, im Süden und schließlich mit dem großen Hafen von New Orleans. Im Osten setzte der Zug auf einer Eisenbahnfähre über den Fluss, die erste Station war Vicksburg, dann ging es weiter nach Jackson, der Hauptstadt von Mississippi. Im Gegensatz zum katholischen Süden Louisianas ist der Norden protestantisch; er grenzt an die Bundesstaaten Mississippi, Arkansas und Texas, und der geographischen Nähe entspricht auch eine hinsichtlich Traditionen und kultureller Eigenheiten. Den Einwohnern von Tallulah reichte es nicht, Richmond um die Bahnstation betrogen zu haben. In einem nächtlichen Überfall entwendeten sie den Nachbarn bald darauf sämtliche Katasterpläne und Besitzurkunden und deklarierten Tallulah als Verwaltungssitz des Parish.

Ende des neunzehnten Jahrhunderts besaß Tallulah einige große Villen und eine auf zwölftausend Schwarze und nur hundertsechzig weiße Familien geschätzte Bevölkerung. Weniger als die Hälfte dieser insgesamt etwa vierhundert Weißen verfügte über Landbesitz und war folglich wahlberechtigt.
Ein Weißer auf zwanzig Schwarze, in manchen Gegenden des Parish einer auf hundert. Die Schwarzen, seit 1865 keine Sklaven mehr, wohnten für gewöhnlich an den Waldrändern oder auf den Baumwollplantagen; ihre Lebensmittel bezogen sie in großen, von Weißen betriebenen Verkaufsstellen. Nur an den Sonntagen sah man sie in Gruppen, beispielsweise anlässlich von Tauffeiern, bei denen sie die Kinder an der Mole eines der größten Bayous des Parish ins Wasser tauchten.
Die Naturgewalten – Überschwemmungen und Krankheiten – suchten Madison Parish immer wieder aufs Schwerste heim. 1896 trat der Mississippi auf verheerende Weise über die Ufer; kleinere Überschwemmungen waren beinahe an der Tagesordnung. Im Durchschnitt alle sieben Sommer wuchs sich das heimische Gelbfieber zur Epidemie aus. Vor allem aber machte der Bürgerkrieg dieser Ecke von Louisiana schwer zu schaffen.
Die Landschaft ist flach und reichlich eintönig. Ist man jedoch zu Fuß auf den Wegen rund um Tallulah unterwegs, stößt man immer wieder auf einen halben Quadratmeter große Metallschilder, die an einem Eisenpfahl befestigt im Boden stecken, oft mitten im hohen Gras. Dutzende um Dutzende, und alle verweisen auf kleinere, man könnte auch sagen völlig belanglose Episoden aus dem Bürgerkrieg. »Hier versuchte das Unionsheer eine Pontonbrücke zu errichten«, »Hier wurde das Tennessee-Bataillon durch heftiges Gewehrfeuer zum vorübergehenden Rückzug gezwungen«, »Hier

bestand ein Munitionslager, das von den Angreifern aus Vicksburg zerstört wurde«. Diese ganze Erinnerungskultur kulminiert auf der anderen Seite des Flusses im weltweit vielleicht größten Militärmuseum, dem Vicksburg National Military Park, der sich über Dutzende von Hektar erstreckt. Eingebettet in die Hügel, wurde das Gelände der sieben lange Monate währenden Belagerung der Stadt, die am 4. Juli 1863 mit einer für die Konföderierten fatalen Niederlage endete, zu einer nationalen – und parteienübergreifenden – Gedenkstätte des Krieges. Jeder amerikanische Bundesstaat erinnert an seine Mitwirkung am Bürgerkrieg in Form riesiger Bauten aus Marmor und Granit, eine Aneinanderreihung von Skulpturengruppen mit sterbenden Infanteristen, geschwenkten Fahnen, Granatwerfern und Kanonen, scheuenden oder stürzenden Pferden.

Mit dem Verlust von Vicksburg verloren die Sklavenhalterstaaten die Kontrolle über den Fluss und die Möglichkeit der Bevorratung: Die Konföderation wurde gespalten. Den Sieg erzielten die beiden großen Strategen der Unionstruppen, die Generäle Ulysses Grant und William Tecumseh Sherman, die durch den Einsatz von U-Booten, Panzerschiffen, schwimmenden Festungen – den sogenannten Pook-Schildkröten –, durch Angriffskommandos und Dynamit gewaltige Kräfte entfalteten. In den Südstaaten gelten die beiden noch heute als Psychopathen, als gewalttätige und unmenschliche Yankees, die Militärgeschichte dagegen feiert sie als geniale Väter der Kunst moderner Kriegsführung.

Wirklich ein sonderbarer Ort, an den es fünf Sizilianer verschlagen hatte, um sich umbringen zu lassen. Und doch wird sie das viele Land, Schmelztiegel von Arm und Reich, an ihre Insel und deren Geschichte erinnert haben. Und nur durch einen historischen Zufall stießen sie da drüben nicht auf den General, der das Leben ihrer Väter verändert hatte.

Giuseppe Garibaldi hätte nämlich die Stelle von Grant oder Sherman einnehmen, die Truppen von Präsident Lincoln bei ihrem Kampf in den Sümpfen anführen und Vicksburg belagern sollen. Blond und hoch zu Pferde, den Poncho um die Schultern, hätte er der Befreier der in Ketten liegenden Sklaven sein sollen. Lincoln hatte Garibaldi, der 1860, nach dem aufsehenerregenden Krieg zur Befreiung Siziliens, als populärste europäische Persönlichkeit galt, ernsthaft dafür in Betracht gezogen. Garibaldi sorgte für Schlagzeilen in den amerikanischen Zeitungen (»Garibaldi kommt!«, »Garibaldi wird die Armee befehligen«, »Garibaldis Einsatz löst sich in Luft auf«), als wäre er ein berühmter Fußballstar. Lincoln schickte bereits 1861 eigens einen Gesandten, den Diplomaten Henry Shelton Sanford, allein und inkognito auf die sardische Insel Caprera, um den General für sich zu gewinnen. Garibaldi, zu jener Zeit siebenundfünfzig Jahre alt und mit dem Nimbus des Befreiers der Unterdrückten, geriet natürlich in Versuchung, aber mit Shelton Sanford sprach er Klartext.

»Sagen Sie es mir, lieber Freund. Was genau ist das Ziel dieses Krieges? Handelt es sich um die Eroberung des Südens oder um die Befreiung der Sklaven? Offen gestanden, mich interessiert nur der zweite Fall. Überhaupt könnte man von dort aus gleich weitermachen und auch die Schwarzen in der Karibik und in Brasilien befreien …«

Shelton Sanford blieb einigermaßen vage, und Garibaldi war nicht überzeugt. Auch war ihm nicht klar, welchen Status er haben würde. Besäße er die vollen Machtbefugnisse, oder müsste er sie teilen? Und mit wem?

Nach zwei Tagen eingehender Gespräche trennten sich Shelton Sanford und Garibaldi, ohne dass Letzterer den Auftrag angenommen hatte. Wie schade!

Nur wenige Schritte von Tallulah entfernt liegen die Orte,

die uns noch immer unser Blut in Wallung bringen. Wer weiß, ob Garibaldi nicht das Gleiche getan hätte wie General Grant. Um Vicksburg von Westen aus anzugreifen, musste man die Kontrolle über den Fluss gewinnen. Und eben hier macht der Fluss eine Biegung, und jeder Angreifer wird zur leichten Beute der auf den Klippen platzierten Kanonen. Grant beschloss, die Flussschleife durch das Ausheben eines Kanals zu umgehen. Zwanzigtausend Soldaten und fünftausend befreite, aus dem Stegreif angeheuerte Sklaven mussten ein Jahr lang inmitten der Sümpfe und Alligatoren eine Arbeit leisten, die schlimmer war als alles, was sie je zuvor gemacht hatten. Diese schlecht verpflegte, von Malaria und Kanonenschlägen gebeutelte Truppe opferte das Leben von mehr als zehntausend Männern, um einen Durchbruch zu schaffen. Was ihr am Ende misslang: Vicksburg wurde dann von Süden eingenommen.
Die Gegend und die Sümpfe werden heutzutage am Wochenende von organisierten Expeditionen eines »Tourismus auf den Spuren der Geschichte« heimgesucht, bewaffnet mit Metalldetektoren und auf der Suche nach alten Projektilen, Waffen, Münzen oder wer weiß welch verborgenem Schatz.

In Madison Parish hinterließ der Krieg vielfache Zerstörung, Elend und eine unbezwingbare Feindseligkeit. Zum ersten Mal wurden hier befreite Sklaven von Unionisten in eine Uniform gesteckt und mit Gewehren ausgerüstet. Glaubt man den Konföderierten, dann besudelten sie sich durch Vergewaltigungen und Plünderungen des Besitzes ihrer vormaligen Herren. Gerieten sie in Gefangenschaft, wurden sie wie treulose Hunde erschossen. Darüber hinaus brannten die Konföderierten die großen Plantagen lieber nieder, anstatt sie dem siegreichen Feind zu überlassen.
Dreißig Jahre nach jenen Ereignissen konnten sich die Groß-

grundbesitzer noch immer nicht mit der Zerschlagung ihres perfekten Lebenssystems, der Ordnung ihrer Ländereien abfinden, aufrechterhalten von gehorsamen afrikanischen Sklaven, von einer Religion, die die Überlegenheit der weißen Rasse – die Bibel immer griffbereit – untermauert hatte, und von einer Politik, die niemals auch nur in Erwägung gezogen hatte, die Schwarzen als Bürger zu behandeln. In Erinnerung an diese perfekte Welt erschienen in Tallulah die Memoiren von Kate Stone Holmes, Tochter der größten Familie des Ortes, gebildet, sensibel, patriotisch, fast wie eine Scarlett O'Hara aus *Vom Winde verweht*. In ihrem Tagebuch beschrieb sie den Krieg aus dem Blickwinkel der Plantage Brokenburn – tausendzweihundert Hektar Land, hundertfünfzig Sklaven, erworben auf dem Markt von New Orleans. Sie berichtete vom Mut ihrer Brüder, allesamt Soldaten, und von der Galanterie der Alten Welt, die sich in Tallulah bei Kostümturnieren in Anlehnung an die Romane von Sir Walter Scott vergnügte, die ihre Tapeten in der Schweiz und ihre Lüster in Murano kaufte. Sie erwähnte die Pläne für eine Grand Tour durch Europa, noch bevor der Krieg ausbrechen würde. Und beschrieb dann die Flucht nach Texas, den Verlust sämtlicher Besitztümer, schließlich die Rückkehr und die Wut angesichts der Usurpation der ureigenen Welt.

In diesen Winkel der Welt also hatte es die Defattas aus Cefalù verschlagen. Sie waren einem gesellschaftlichen System entflohen, das den Anschein machte, als wollte es sich verändern, und das sich doch in keiner Weise verändert hat. Während derselben Jahre, in denen die Truppen der Nordstaaten den größten Krieg gegen die Wirtschaft der Großgrundbesitzer und die Sklaverei lostraten, den diese Welt je gesehen hat, ging im alten Mittelmeerraum, an der sizilianischen Küste, ein sonderbarer blonder General an Land, um die von den

Bourbonen und der Kirche unterdrückten Sklaven zu befreien. Er versprach ihnen, dass sie nie mehr niederknien müssten, um die Hände der Herren zu küssen, vielmehr würde deren Land an sie als seine neuen Besitzer übergehen.
Die Defattas waren bis nach Tallulah gekommen, weil es sich dabei um ein faules Versprechen handelte. Sie hatten festgestellt, dass ihre Forderung nach Land mit Flintenschüssen beantwortet wurde. Auch die befreiten Schwarzen in Amerika hatten nicht das ihnen versprochene Land bekommen. Sie hatten gar nichts bekommen.

In der Nacht des 20. Juli 1899 hingen die fünf Leichen am Galgen, doch die Arbeit der Lynchknechte war noch nicht beendet. Reiter sprengten durch Tallulah. Sie hatten die Verbindung zur Außenwelt abgeschnitten, indem sie den Telegrafisten mit vorgehaltener Waffe in Schach hielten und die beiden Zufahrtsstraßen zur Stadt kontrollierten. Sie hatten die Wohn- und Ladenräume der Defattas nach Waffen oder irgendetwas anderem durchsucht, womit sich das Vorhaben der Sizilianer, ihr Komplott, beweisen ließe. Und nun versammelten sie sich, um das Edikt, so hatten sie es genannt, in die Tat umzusetzen.
Das Edikt war ganz simpel: Im Madison Parish darf kein einziger *Dago* überleben. Es gab allerdings noch zwei, Vater und Sohn, nur ein paar Meilen entfernt im kleinen Ortsteil Milliken's Bend am linken Ufer des Mississippi. Für die Lyncher war es nichts Außergewöhnliches, auch auswärts zu operieren, das hatten sie schon zuvor gemacht. Eine Posse Comitatus* – eine improvisierte Miliz – sammelte sich auf dem Hauptplatz und machte sich bereit, neun Meilen nach Nor-

* Die Posse Comitatus (lat.: »Kraft für das Land«) ist eine alte englische Institution, die aus tauglichen Männern über fünfzehn Jahren besteht, die vom Sheriff mobilisiert werden, um die öffentliche Ordnung aufrechtzuerhalten. [Anm. d. Übers.]

den zu galoppieren, um so schnell wie möglich in Milliken's Bend einzufallen.
Bei den Gesuchten handelte es sich um Giuseppe Joe Defina und seinen Sohn Salvatore, der noch im Jungenalter war. Joe Defina gehörte derselben »Rasse« an wie die Gehängten; mehr noch, er war der Schwager eines der Defattas, und in Tallulah kannten ihn alle. Auch er hielt sich seit sechs Jahren in dieser Gegend auf und betrieb einen Gemischtwarenladen, in dem sich ganz Milliken's Bend versorgte. Er gehörte ebenso wie die anderen bestraft, das war klar, denn es konnte nicht sein, dass er von der Absicht des Schwagers, Doktor Hodge umzubringen, nichts gewusst haben sollte.
Doch in jener Nacht lief es für die Lyncher schlecht, dank zweier rechtschaffener Menschen, Mr. Ward und Dr. Gaines. Ersterer befand sich auf dem Rückweg von Milliken's Bend, als er auf die Posse stieß, die sich gerade zum Aufbruch bereit machte. Sie informierten ihn, dass sie vorhatten, Joe Defina zu lynchen. Ward wendete sein Pferd und ritt so schnell er konnte zurück, um ihn zu warnen. Dasselbe tat Dr. Gaines, ein Kollege von Doktor Hodge, der diesem einen Hausbesuch abgestattet und festgestellt hatte, dass er sich keineswegs in Lebensgefahr befand. Die Verletzungen an Händen und Bauch, verursacht durch eine Ladung Schrot aus der Jagdflinte, waren alles in allem oberflächlich. Und so sprang auch Gaines auf sein Pferd.
Vor dem Geschäft von Joe Defina setzten sich die beiden für Verhandlungen zwischen dem Lynchkommando und dem Mann ein, der gehängt werden sollte. Anfangs hatte man Joe offenbar vierundzwanzig Stunden zugestanden, um das Parish zu verlassen, diese wurden aber plötzlich auf drei reduziert. Defina begreift, dass seine einzige Chance darin besteht, über den Fluss zu kommen. Einer seiner Arbeiter, ein Schwarzer namens Buck Collins, hilft ihm dabei: Er besorgt

ihm für sechs Dollar ein Kanu. Joe und sein Sohn bringen nur wenige Dinge in Sicherheit, darunter das Kassenbuch – dort sind sämtliche Kredite des Ladens verzeichnet –, und beeilen sich, nach Mississippi zu kommen. Zuerst müssen sie sich durch die von Alligatoren wimmelnden Bayous schlagen, um die Posse abzuhängen; dann sind noch zwanzig Kilometer reißende Flussströmung zu überwinden, ehe sie am Ufer vor Vicksburg an Land gehen. Bis dahin vergehen viele Stunden. Die Sonne ist sengend, beide sind verbrannt, von Fieber geschüttelt, aber sie haben es geschafft.

Es war nicht das erste Mal, dass Joe Defina auf dem Wasser in Gefahr war. Als Jugendlicher, ein sizilianischer Schiffsjunge neben vielen anderen seinesgleichen, befand er sich inmitten von Maschinisten, sizilianischen Carbonari* und Anhängern Garibaldis auf dem Panzerkreuzer *Re d'Italia*, dem Stolz der italienischen Marine, als dieser von den Österreichern in der berühmten Seeschlacht von Lissa gerammt wurde.

Das geschah 1866, Sizilien war eben erst Teil des Königreichs Italien geworden, und seine besten Seeleute waren zum Kriegsdienst einberufen worden, um Venetien vom österreichischen Joch zu befreien und so das Heimatland und seine östlichen Grenzen zu stärken. (Was im Geschichtsunterricht als »Dritter Italienischer Unabhängigkeitskrieg« bezeichnet wird.)

Das Ganze war nicht gut gelaufen, im Gegenteil, es war ein Desaster. Die österreichische Marine, die bis auf den letzten Mann aus erfahrenen venezianischen Seeleuten bestand, gewohnt, sich die Befehle in ihrem Dialekt zu geben (genau diejenigen, die es laut Savoyen kaum erwarten konnten, Italiener zu werden), zerschlug eine aufgeblasene, korrupte,

* Die Carbonari, wichtigster politischer Geheimbund der italienischen Staaten im 19. Jahrhundert, kämpften für die Einheit Italiens. [Anm. d. Übers.]

Natale (Nat) Piazza. Gebürtiger Mailänder. Italienischer Konsul in Vicksburg. Als Besitzer eines stadtbekannten Hotels zählte er zu den »Prominenten« der Stadt. Verängstigt und widerwillig stellte er in Tallulah Nachforschungen zu dem Lynchmord an und zeigte sich geneigt, ihn zu rechtfertigen.

absurde und zehnmal größere italienische Flotte. Deren Admiräle waren allesamt piemontesische Adlige, und ihre Offiziere hatten noch nie eine Schlacht gewonnen. Die einzige Kraft, die der Situation gerecht wurde, war die Horde, die man gewaltsam in den Häfen Süditaliens zusammengetrieben hatte. So also fand sich der junge Defina zusammen mit Hunderten anderen im Meer wieder, ein Schiffbrüchiger vor Ancona, an ein Wrackteil geklammert. Er wurde nach Hause geschickt. Die venezianischen Seeleute, die in Lissa unter der Flagge von Kaiser Franz Joseph I. gekämpft hatten, erhielten jeder ein Stück Land in ihrem Reich. Die geschlagenen und vor Lissa versenkten Sizilianer gingen leer aus. Und so kehrte der zwanzigjährige Giuseppe Defina als Kriegsveteran nach Cefalù, seinen Geburtsort, zurück.
Von ihm existieren keine Fotografien. Wir wissen nur, dass

er 1889 mit etwa fünfundvierzig Jahren nach Amerika ausgewandert ist. Wir wissen aber auch, dass er sich zur Zeit des großen Pogroms gegen die Italiener in New Orleans befand. Wie alle anderen musste er sich monatelang versteckt halten, dann machte er sich auf, um sein Glück im Norden zu suchen. Und etwas Glück hat er tatsächlich gehabt. Er besaß drei Pferde, ein Maultier, ein Gewehr, drei Hilfsarbeiter und ein Stückchen Land, das er bestellen konnte. Sein *General Store* in Milliken's Bend war eines von zwölf Geschäften an der Hauptstraße des Dorfes.

Als Giuseppe Joe Defina am 22. Juli 1899 mit hohem Fieber und von der Sonne am ganzen Körper verbrannt vor Nat Piazza, Träger des Ordens der Krone von Italien und Honorarkonsul von Vicksburg, erschien, war er vieles zugleich: ein italienischer Staatsbürger, ein Kriegsveteran samt Tapferkeitsmedaille, der erste Mann, der dem Lynchen entgangen war, ein Händler, der alles verloren hatte.

Ein Mann auf der Flucht von Land zu Land, der jedes Mal Rettung im Wasser fand. Oder vielleicht auch nur ein *Dago*, ein Krimineller, ein Abschaum.

4 Die Nachricht ging durch die Zeitungen …

Die ersten Meldungen über etwas Schreckliches, das in jenem unbekannten Macondo am Mississippi vorgefallen war, erhitzten die Telegrafen ab dem Vormittag des 21. Juli. Kaum dass der Telegrafist von Tallulah die Erlaubnis bekam, morste er die Nachricht nach New Orleans und Vicksburg, von wo aus die Associated Press sie in den gesamten Vereinigten Staaten verbreitete. Am nächsten Tag standen »die Vorfälle von Tallulah« auf der Titelseite sämtlicher amerikanischer Zeitungen, und die Südstaatenzeitungen warteten mit einer Fülle von Details auf. Ein kollektiver Lynchmord (nicht an Schwarzen) war eine gewaltige Meldung. Der amerikanische Journalismus erlebte fette Zeiten. Damals gab es in Amerika keinen Ort, der jeden Tag nicht wenigstens zwei Seiten mit Aktuellem druckte, und selbst kleine Städtchen besaßen normalerweise mindestens zwei Tageszeitungen zur Vertretung der verschiedenen Interessengruppen. Der Lynchakt an den Italienern (ihre Namen erschienen tagelang entstellt, auch Cefalù erhielt die merkwürdigsten Bezeichnungen) wurde daher einmal als »abscheulich« und »skandalös« bezeichnet, ein andermal als »geordnet«, »entschieden«, »vorbildlich«, dann wieder als »barbarisch«. Der Aufmacher der *Morning News* von Muncie, einer Stadt im Bundesstaat Indiana, vermittelt eine Vorstellung vom damals herrschenden Tonfall:

> Fünf sizilianische Mörder von einer höchst geordneten Menschenmenge in Tallulah gehängt.
> SIE HATTEN EINEN ANGESEHENEN ARZT TÖDLICH VERLETZT.
> Zwei der Italiener waren vorbestraft – Fleischerhaken für zwei von ihnen – Für die anderen drei genügte eine Eiche im Gefängnishof.

Bei der *Galveston News* in Texas muss es hingegen einige Progressisten gegeben haben, die auf der Grundlage eben dieser Nachrichten umgehend folgenden Kommentar verfassten:

> Die Bürger, die in Tallulah, Madison Parish, Louisiana an der Macht sind, haben gerade wichtige Punkte im Wettstreit um die Meisterschaft in Barbarei, Brutalität und Blutvergießen erzielt, als sie ein halbes Dutzend Italiener gehängt haben, weil ein anderer Italiener mit einer Schrotflinte auf einen weißen Mann gefeuert hat. Es heißt, die Menge sei während der Lynchaktion »im höchsten Maße ruhig geblieben«. Schrecklich!

Alle Zeitungen brachten natürlich die Geschichte von den Ziegen, die den Lynchmord von Tallulah zu einem einzigartigen Fall in der langen Reihe von Lynchaktionen in den Südstaaten machte. Aber die Rekonstruktionen waren allesamt konfus. Ziegen, vielleicht auch eine Herde Schafe. Im Haus des Doktors oder vielleicht auf einer öffentlichen Weide. Die Defattas hatten den Doktor herausgefordert. Der hatte als wahrer Gentleman geantwortet: »Es liegt mir nichts daran, euch zu töten, aber falls nötig, werde ich es tun.« Völlig ungenau waren die Angaben zu Zeitpunkt und Hergang der Ereignisse. Man verstand nicht, wer zuerst verhaf-

tet worden war und wer später, der Dorfsheriff tauchte nur für einen kurzen Moment auf, der Staatsanwalt gar nicht, doch so, wie es die Reporter beschrieben, war das Klima in jenem weltvergessenen Winkel für die Opfer sicherlich nicht günstig.
Die Stimme des Volkes bezeichnete, anonym natürlich, die Getöteten als böse und grausame Personen. Sie pflegten eine derart krankhafte Beziehung zu ihrem Vieh, dass sie es für rechtens hielten, einen Menschen zu töten, um eine Ziege zu rächen. Sie waren so gewalttätig, dass einer von ihnen nur wegen des Diebstahls einer Melone einen Schwarzen getötet hatte. Ein anderer hatte Ware in New Orleans gekauft, aber nicht bezahlt, weswegen er mit einem schweren Bußgeld belegt worden war. Was Defina anging – der, der in den Wäldern von Milliken's Bend lebte –, auch ihn hatte man wegen der Ermordung eines armen konföderierten Veteranen, der gezwungen war, als Landaufseher zu arbeiten, vor Gericht gestellt. Aber er wurde freigesprochen. Die Sizilianer – immer noch laut Stimme des Volkes – brüsteten sich damit, über so viel Bares zu verfügen, dass sie jede Jury bestechen könnten. Was nun ihre mörderischen Absichten betraf, so war dem Dorf nicht entgangen, dass sie am Nachmittag vor dem Anschlag beide Geschäfte geschlossen hatten und dass der jüngste von ihnen auf die Frage nach dem Warum mit einem zweideutigen Lächeln geantwortet hatte. Auch über ihre Reaktionen zum Zeitpunkt des Hängens wurde berichtet. Zuerst hatten sich die Brüder Defatta gegenseitig die Schuld zugeschoben; einer von ihnen hatte dann um Gnade gebeten, und Frank hatte gesagt: »Wir sind Freunde, wir kennen uns seit sechs Jahren«, während der jüngste, John Cirami, den Kopf in der Schlinge, eine unbestimmte Andeutung gemacht hatte, dass die »Gesellschaft« ihn schon rächen werde.

Ein Kommentar in der *New Orleans Daily States* vom 24. Juli zur Stimmung der Lyncher:

> Jeder einzelne Mann in dieser Menge wusste alles über die Mafia und den Mord an Hennessy. Sie waren entschieden, es nicht noch einmal zu einem solchen Fall kommen zu lassen. Sie betrachteten diese Degenerierten als Monstren, jeder erdenklichen Schandtat fähig, und waren entschlossen, das Unkraut mit der Wurzel auszureißen, genau wie der Kavallerist mit seinem eisernen Stiefelabsatz den Kopf der Viper zertritt.

Jeder Einzelne dieser Männer aus Tallulah wusste alles über die Mafia? Sie wollten keine Wiederholung dessen, was Hennessy zugestoßen war? Mafia? Und wer war Hennessy? Die Zeitung von New Orleans sprach offenbar von Dingen, die ihren Lesern geläufig, jenseits von Louisiana jedoch unbekannt oder rätselhaft waren.

Allerdings fügte das Blatt hinzu, dass, schon während die Männer zum Galgen geschafft wurden, »eine große Anzahl von Bürgern zusammenkam, um das Leben der Sizilianer zu retten«, aber ihr Bitten erfolglos blieb. Der *Daily States* kommentierte: »The crowd heard and did not hear« (Die Menge hörte sie, wollte sie aber nicht erhören). Hochtrabende Worte mit dem Beigeschmack einer Geschichte aus den Evangelien, eines ausgebliebenen Wunders in Galiläa. Es schauert einen, wie ein einfacher Satz umgehend ein Bild erzeugt, eine Menschlichkeit. Die Menge, nicht mehr »massiv und entschlossen«, wird von Gefühlen ergriffen, ist unentschieden, beunruhigt. Die Leute verspürten also tief in ihrem Innersten, dass diese Männer den Tod nicht verdient hatten. Diese Burschen mit den schwarzen Schnurrbärten und den roten Halstüchern, die Obst verkauften, die mit lauter Stimme sprachen, die bereits Teil der Landschaft waren, die mit

manchem Freundschaft geschlossen hatten ... War es wirklich nötig, sie umzubringen?
Es kam zu einer Versammlung, die ziemlich lange dauerte. Reden wurden gehalten. Frank tat recht daran, seinen letzten Versuch zu unternehmen ... Und wenn es eine Abstimmung gegeben hätte, wären die letzten drei vielleicht nicht gehängt worden.
Ganz offensichtlich aber handelte es sich nicht um eine demokratische Versammlung. Ganz offensichtlich gab es in Tallulah eine Gruppe, die kommandierte und allen anderen ihren Willen aufzwang.

Fast zeitgleich erreichte die Nachricht Italien, ein Beweis dafür, dass die heutzutage so hochgelobte Globalisierung der Kommunikation im Telegrafen bereits einen namhaften Vorgänger besaß. Verbreitet wurde die Meldung über die Agenzia Stefani, die sie von der amerikanischen Associated Press übernommen hatte. Sie fand sofort Eingang in eine kurze Kolumne auf den ersten Seiten der italienischen Tageszeitungen.
Die Einzelheiten waren spärlich (die Absurdität von fünf Morden wegen einer Ziege sprang natürlich ins Auge), wohingegen die amerikanische Unmenschlichkeit explizit verdammt wurde, ebenso wie die politische Handhabung des Vorfalls. Die italienischen Zeitungen – sie verurteilten einhellig die Brutalität der sogenannten »Lynchjustiz« – forderten von der Regierung, mit höchstem Nachdruck einzuschreiten, um die nach Amerika emigrierten Italiener zu schützen. Die »Gerechtigkeit für die Arbeiter von Tallulah« wurde – wenn auch nur für kurze Zeit – zum rhetorischen Prüfstand für die Stärke des jungen Königreichs Italien und die Verbundenheit seiner Regierung und des Monarchen mit seinem Volk. Die Forderung wurde sogar ins Parlament eingebracht, allerdings ohne ausreichende Überzeugungskraft.

Am Ende des Jahrhunderts hatte das seit knapp vierzig Jahren vereinte Königreich Italien – und seit weniger als dreißig Jahren mit Rom als Hauptstadt und den daraus resultierenden Konflikten mit dem Vatikan – an anderes zu denken als an einen Lynchmord in Amerika.
Zusammen mit den ersten Großkonzernen war im Norden die sozialistische und anarchistische Bewegung erstarkt, die öffentliche Kundgebungen abhielt. Der Süden, dreißig Jahre zuvor durch einen Volksentscheid annektiert, war immer noch Terra incognita, ein Ort permanenter Revolten, das Ziel erbarmungsloser militärischer Schläge, von den Behörden gedeckt als »Niederschlagung des Banditentums«. Als kleine Macht unter den anderen europäischen Mächten versuchte auch das Königreich Italien, sein eigenes Kolonialreich zu errichten. Es fühlte sich im Recht dazu, im Namen seiner Vergangenheit, seiner Geschichte, des alten Roms, dessen Ruhm nachhallte. Ein erster Versuch, Abessinien zu unterwerfen, war drei Jahre zuvor in Adua, in der Sprache der Äthiopier Abba Garima, gescheitert. In einer tragischen Farce, verschuldet von unfähigen, aufgeblasenen Generälen, waren Tausende italienischer Soldaten von den Truppen Meneliks II. niedergemetzelt worden. Zum ersten Mal hatte es auf der gesamten Halbinsel Protestkundgebungen gegen den Militärdienst gegeben. Den Carabinieri, die zu ihrer Niederschlagung entsandt worden waren, schallte seitens der Protestierenden der Ruf »Es lebe Menelik!« entgegen, voller Hohn erklangen Hymnen auf den äthiopischen Kaiser, der General Barattieri besiegt hatte. Nach der Niederschlagung des »Brotaufstands« in Mailand durch die piemontesische Armee waren zweihundert Tote zu beklagen. Die Regierung, mit der der König einen der vielen bornierten Generäle, den Piemonteser Luigi Pelloux, betraut hatte, erstellte einen Maßnahmenkatalog zur Unterdrückung der Freiheit, um die Sozialisten

zu treffen, und stürzte dann jedoch im Parlament über eine theatralische, ja surreale internationale Spionageaffäre. Italien hatte von China keine Konzession für die San-Mun-Bucht erhalten, weil sich die italienische Diplomatie, um zum Ziel zu gelangen, allzu sehr auf die englische verlassen hatte, von den Engländern jedoch verladen worden war. Verletzter Nationalstolz. In der Heimat dauerte der Belagerungszustand in weiten Teilen Siziliens an, eine Folge der großen Kraftprobe gegen den Arbeiterbund *Fasci Siciliani*, eine Volksbewegung, die zum ersten Mal Land einforderte. Damals verband die Italiener vielleicht nur eine einzige Sache: die Verzweiflung nämlich, die Millionen von Menschen dazu trieb, in die Neue Welt auszuwandern. Das arme Italien, das von der Politik der Monarchie ausgeblutete Italien, das unter Vitaminmangel leidende im Norden ebenso wie die anonymen Volksmassen in Kalabrien, Sizilien und Sardinien, dieses Italien schiffte sich nach Argentinien, Brasilien und in die Vereinigten Staaten ein, um ebenda wieder auf die Beine zu kommen und sich ein neues Leben aufzubauen. Die Präfekten und Priester unterstützten die Emigration, oft genug verleiteten sie die Menschen regelrecht dazu. Weniger Aufstände in der Heimat, weniger Münder zu stopfen. Die staatliche Bürokratie brachte voller Stolz die Höhe der Ausgaben für die Familien in Anschlag, die geblieben waren. Italien entdeckte sein eigenes ganz spezielles Wachstumsmodell.

In Cefalù, der Stadt der fünf Gelynchten, traf die Nachricht am 22. Juli ein. Das *Giornale di Sicilia* zwängte sie auf der ersten Seite zwischen den Bericht vom Dreyfus-Prozess in Paris, die königliche Hochzeit in Griechenland und das Auslaufen des Überseedampfers Nord America aus dem Hafen von Genua mit Ziel Montevideo.

AMERIKANISCHE GRÄUELTAT
FÜNF ITALIENER GELYNCHT

New York, den 22. – (Agenzia Stefani). Ein Telegramm aus Tallulah, einem Dorf im Madison County in Louisiana, teilt mit, dass der bekannte Doktor Hodge eine Auseinandersetzung mit einem Italiener hatte. Dieser schoss mit einem Jagdgewehr auf Hodge und verletzte ihn tödlich.

Die Volksmenge ergriff den Italiener und vier seiner Freunde, Italiener wie er, die der Komplizenschaft verdächtigt wurden, hängte sie an Bäume und durchsiebte ihre Körper mit Kugeln. Es handelt sich um Carlo, Giacomo und Francesco Difatto, S. Frudace und Giovanni Cheranao. Die öffentliche Meinung verurteilt den Lynchmord. Die Behörden haben einen Prozess eingeleitet.

New Orleans, den 22. – Kaum hatte der italienische Konsul von dem Lynchmord in Tallulah erfahren, schickte er den Konsularbeamten von Vichsboms zum Tatort, um eine Untersuchung anzustellen und für die Bestrafung der Schuldigen zu sorgen. Wieder einmal sind dem barbarischen amerikanischen Brauch, der sich fälschlich durch die Bezeichnung Lynchjustiz zu rechtfertigen sucht, italienische Siedler zum Opfer gefallen.

Wie der Lynchmord von New Orleans ist auch der von Madison ein grausames Massaker, der einem zivilisierten Land zum Schaden gereicht.

Vor allem, weil von der Menge nebst dem Beschuldigten auch die Italiener ermordet wurden, die sich in seiner Gesellschaft befanden.

> Wir erwarten, dass die Regierung jetzt mit dem gebotenen Nachdruck handelt, um die strenge Bestrafung der Schuldigen und eine angemessene Entschädigung für die Familien der unglückseligen Opfer zu erwirken!

An den darauffolgenden Tagen gab das *Giornale di Sicilia* ein paar weitere Details bekannt, korrigierte die Namen und fügte einige Personenangaben hinzu. Man erfährt so:

> Die drei Brüder Difatto, Francesco, Carlo und Joe (alias Giacomo), haben in New Orleans eine Tante, Lucia Baraona, verheiratete Mangiapane, die derzeit mit dem Ehepaar Romano zusammenwohnt.
> In Cefalù lebt noch die Mutter der drei, Teresa Baraona, außerdem haben Francesco und Carlo dort Frau und Kinder zurückgelassen, Joe einen Sohn. Salvatore Fiducia besitzt in Amerika keine weiteren Verwandten außer Salvatore Imbraguglia, ebenfalls in New Orleans ansässig, bei dessen Mutter es sich um eine Cousine von Fiducia handelt.
> Keiner der fünf Gelynchten ist je amerikanischer Staatsbürger geworden. Wie es aussieht, haben die beiden älteren Brüder Difatto einen ersten Schritt unternommen, um die amerikanische Staatsbürgerschaft zu beantragen.

Schließlich entdeckten die Journalisten des *Giornale di Sicilia* zwei Fährten. Die erste:

> Es gilt als sicher, dass einer der Brüder Difatto eine Anstecknadel mit einem Brillanten und eine goldene Uhr bei sich trug, ein weiterer Bruder drei Hundertdollarscheine [hier, wahrscheinlich ein Druckfehler, folgen die Worte »6100 jeder«], und die anderen hatten etwas Geld und ein paar andere Dinge in der Tasche: Alles

> ist verschwunden, und man weiß nicht, in welche Hände es geriet, sicher ist nur, dass die Diebe unter jenen Vollstreckern der … Gerechtigkeit waren.

Die zweite:

> Es gibt jetzt solche, die sagen, dass die Ursache für den verhängnisvollen Angriff auf Doktor Hodge nicht die Tötung einer Ziege war, sondern dass es dabei um Frauen ging.

Darüber hinaus brachten sie ihre Version der letzten Momente der Opfer:

> Sobald man sie aus dem Gefängnis geholt hatte, begriffen die fünf Unglücksmenschen, welches Schicksal sie erwartete: Zwei der Brüder baten um Gnade, und es heißt, sie hätten gestanden, mit den anderen unter einer Decke gesteckt zu haben, um den Doktor zu ermorden. Dieses »Geständnis« brachte die Menge nur noch mehr gegen sie auf, so dass die Verurteilten, denen klar wurde, dass »jedes Gebet nutzlos« war, Mut fassten und die Leute verfluchten: Es gäbe da schon jemanden, der die »niederträchtigen Hunde«, die sie umbringen wollten, bestrafen würde.

Alles in allem:
Die Frauen, die Brillantnadel und die Dollarbündel, das Komplott zur Ermordung des Doktors, die »niederträchtigen Hunde«. Für das *Giornale di Sicilia*, das demzufolge über eigene Informationsquellen zu verfügen schien, blieb das Ereignis von Tallulah schleierhaft. Man könnte sagen, ihm haftete ein gewisser häuslicher Geruch an.
In Cefalù, wo praktisch jeder einen Verwandten in Louisiana besaß, gab es im Übrigen keinerlei Bekundung von Trauer

oder Protest. Keine Totenmesse, keine Forderung nach einem würdigen Begräbnis. Auf dem Domplatz kam es weder zu einem Menschenauflauf, der das Einschreiten der Carabinieri erfordert hätte, noch wurde eine Kundgebung einberufen. Für die Familien der Getöteten gab es von Seiten der Behörden keinerlei materielle Unterstützung. Von den Defattas und ihren Vettern – sie werden als »Siedler« bezeichnet – erfuhr man so gut wie nichts, und niemand schien sich für ihre Geschichte zu interessieren. Die Fotografien, die sie in Jacke, Weste und mit Taschenuhr zeigten, hatten sie nie nach Hause geschickt. Sie hatten keine Briefe geschrieben, nichts von sich hören lassen. Als hätten sie sich seit Jahren im Weltraum verloren, an Bord eines Raumschiffs.
Gewiss, damals unterlagen die italienischen Zeitungen der Zensur. Und gewiss waren die sizilianischen Journalisten schon früh daran gewöhnt, kein Wort zu veröffentlichen, das falsch gedeutet werden konnte, und sich nicht zu sehr in Privatangelegenheiten vorzuwagen. Beim Lesen jener mageren Berichterstattung bleibt jedoch ein ungutes Gefühl zurück, als gäbe es da ein verordnetes Schweigen, als wüssten sie mehr und sagten es nicht. Undeutlich hat man ein Bild vor Augen: schwarzgekleidete Frauen in ihren Häusern und Verwandte, die kommen, um ihnen Neuigkeiten aus Amerika zuzuflüstern. Doch schon stehen die nächsten zum Aufbruch bereit, die Schiffsfahrkarte in der Tasche. Ihnen wird versichert, jene Tat hätte sich nicht dort ereignet, wo sie hingingen, sondern ganz woanders, es bestünde daher keine Gefahr.

Unsere fünf erfuhren allerdings die Genugtuung, in einem Lied vorzukommen. Der Text ist von Antonio Corso, einem ehemaligen Unteroffizier der Guardia di Finanza, er ließ die Verse bei Artale in Turin drucken. Unter der Zeichnung eines großen Laubbaums, an dem die Körper der Cefalutani hängen, auf die sonderbare Leute in Jagdkleidung mit ihren Gewehren zielen, steht folgender Titel:

FÜNF ARME ITALIENER
GELYNCHT IN TALLULAH IN AMERIKA

Einige Verse:

O gioventù d'Italia
Abbruna la bandiera!
Chi di valor t'uguaglia
O gioventude fiera?
O martiri sepolti
Laggiù nella Luigiana,
purtroppo siete morti
ma chi la piaga sana?
O gioventù d'Italia
Abbruna la bandiera,
e della vil ciurmaglia
fanne vendetta nera.
E sotto il manto del tuo valor
Soccorri e vendica il nostro onor!*

Doch unsere fünf – besser sechs, um den überlebenden Joe Defina nicht zu vergessen! – wurden keine Helden. Winzige Ameisen der Geschichte kurz vor der Jahrhundertwende blieben sie nichts als exotische Geister, ferne Wahrzeichen, deren Schicksal wenige Herzen rührte. Dennoch hatten sie und ihre Ziegen sich im Zentrum einer speziellen Konstellation aus Geopolitik, Sklaverei und großem wirtschaftlichem

* (Oh, Jugend von Italien, / leg Trauer an die Fahne! / Wer ist an Tapferkeit dir gleich, / oh, stolze Jugend? / Oh, Märtyrer, begraben / dort drüben in Louisiana, / zum Leidwesen seid ihr tot, / doch wer heilt die Wunde? / Oh, Jugend von Italien, / leg Trauer an die Fahne, / und an dem feigen Gesindel / nimm deine schwarze Rache. / Gehüllt in deine Tapferkeit / steh bei und räche unsere Ehre!)

Kalkül befunden. Ohne dass sie es ahnten, waren sie zu Versuchskaninchen der neuen, an den italienischen Universitäten ausgefeilten Rassentheorien geworden, die den furchtbarsten Gräueln des anbrechenden Jahrhunderts den Weg bahnten.

Die italienische Nation, so jung sie auch war, verstand sich bereits auf Überheblichkeit und Bürokratie. Wir fordern Entschädigungen! Strenge Abmahnung der amerikanischen Regierung! Respekt! Unsere Beamten machen sich an die Arbeit, weil dem König seine Bürger doch am Herzen liegen.

Wer daher am 28. Juli 1899 die *Gazzetta Ufficiale* aufschlug, konnte eine Triumphmeldung lesen:

»Doktor Hodge ist nicht tot!«

Fast als wäre dies das Verdienst der italienischen Diplomatie.

5 Sklaven, Generäle, Land, Zucker und Baumwolle

Die Defattas verließen Palermo auf einem Dampfschiff, machten Station in Genua und gelangten von dort in zwanzig Tagen in das große *Novorlenza*, nach New Orleans. Sie waren Teil einer Menschenmasse, die den Ozean zwischen Sizilien und der Neuen Welt aufgrund einer bizarren historischen Koinzidenz überquerte. Enttäuscht von General Garibaldi, der ihnen falsche Hoffnungen gemacht und ihnen Land versprochen hatte, gingen sie nach Amerika, weil dort neue Sklaven gebraucht wurden, weil ein General wie Garibaldi die schwarzen Sklaven befreit hatte. Auf den Zuckerrohrplantagen fehlten jetzt die Arbeitskräfte. Die Schwarzen spielten nicht mehr mit, sie unterwarfen sich keinem Herrn mehr, rebellierten, hatten keine Lust mehr zu arbeiten und forderten zu viel Lohn. Die amerikanischen Landbesitzer waren bis nach Sizilien gekommen, um dort die Muskeln der Männer zu betasten und die Güte ihrer Rasse zu prüfen. Sie suchten starke und willige Leute, denn die Belastung war außerordentlich. Das Schneiden des Zuckerrohrs galt seit einem Jahrhundert als die härteste Arbeit auf diesem Planeten.
Die Zeitungen von New Orleans berichteten über die Ankunft der Sizilianer, als handelte es sich um ein Zirkusspek-

takel, sie beschrieben die Männer als klein, aber muskulös, die wohlhabenderen mit Baretten aus Fell, eng an den Knöcheln anliegenden Wollhosen und grünen, gelben und roten Schals. Alle trugen sie Ohrringe: die Männer Ohrstecker; die Frauen Gehänge, die ihnen bis zu den Schultern reichten, und sie waren »ohne Kopfbedeckung, die Haare in der Mitte gescheitelt, die Gesichter hart und wenig anziehend«.

Die sizilianische Massenauswanderung nach Louisiana und Mississippi, die ohne große Ankündigungen vor sich ging und damals wie heute kaum verstanden wurde, war nichts anderes als eine von zwei Regierungen konzipierte Deportation von Menschen, um eines der düstersten Projekte der Moderne zu realisieren.

Die Bevölkerung Siziliens war seit der italienischen Einheit um eineinhalb Millionen Menschen gewachsen. Es gab einfach zu viele Sizilianer, seltsame Ideen kursierten, sie wollten Land, sie rebellierten. Die amerikanischen Großgrundbesitzer sahen sich mit einem ähnlichen Problem konfrontiert. Der Krieg hatte vier Millionen Sklaven befreit, die nun nicht mehr unter der Knute arbeiten wollten. Jetzt galt es, sich von ihnen zu befreien und neue Sklaven zu finden. Die Amerikaner nannten dieses Projekt *push and pull*, abstoßen und anziehen. Italien stieß die Sizilianer ab, und nichts war schlagender, als sie ins Elend zu treiben und die Carabinieri auf sie schießen zu lassen. Louisiana und Mississippi zogen sie an, die letzte Hoffnung, die ihnen geblieben war. Beide Parteien stimmten darin überein, dass sie nicht allzu rücksichtsvoll mit ihnen verfahren wollten, denn diese Leute besaßen zwar die Gabe, sich einem Herrn zu beugen, waren aber heimtückisch.

Präfekten, Militärangehörige und Großgrundbesitzer bestimmten die Orte, an denen es gründlich, Gemeinde für Gemeinde, zu operieren galt. Auf diese Weise leerten sich Con-

tessa Entellina, Ustica, Bisacquino, Poggioreale, Corleone, Cefalù, Palazzo Adriano, Chiusa Sclafani, Trabia, Caccamo, Gibellina, Vallelunga Pratameno, Roccamena, Sambuca, Salaparuta, Alia. Weitere Männer warben sie in Palermo, in Termini Imerese, Trapani und Salemi an.
Man schätzt, dass sich zwischen 1880 und 1900 etwa hunderttausend Sizilianer auf den Weg nach New Orleans gemacht haben. Schwefelbergarbeiter, ehemalige Anhänger von Garibaldi, Kleinbauern, die wegen der viel zu hohen Steuerlast verzweifelt waren, Kriegsdienstverweigerer, ehemalige Gefangene, Tagelöhner, Schuster, Maurer, erfahrene Landwirte, ganze Familien. Alle suchten sie nach einem Stückchen Land, doch es erwies sich als großer Schwindel. Zu jener Zeit war es der Besitz von Land, der die Welt in Bewegung hielt. Die Bedeutung, die später die Fabriken und das Erdöl bekamen, hatten damals Zuckerrohr und Baumwolle.

Nehmen wir einmal den Zucker, welch ein hübscher Name. Ein derart wichtiger Bestandteil unseres Lebens und so gewinnbringend geworden, dass wir ihn selbst in die Tanks unserer Autos füllen. Unsere Snacks enthalten Zucker, und all die Kohlensäuregetränke, obwohl wir wissen, dass er Übergewicht und Diabetes verursacht. Aber wir interessieren uns nicht weiter dafür, woher er kommt und von wem er produziert wird. Von »politischer« Bedeutung war der Zucker zum letzten Mal in den sechziger Jahren des zwanzigsten Jahrhunderts, als Fidel Castro in Kuba jeden und vor allem die Intellektuellen dazu anhielt, eine Machete in die Hand zu nehmen und gemeinsam mit ihm bei der *zafra*, der Zuckerrohrernte, zu helfen, um auf die erträumten zehn Millionen Tonnen zu kommen, die nie erreicht wurden. Hier handelte es sich um das Vermächtnis der Sklaverei auf der Insel, etwas, das der Sozialismus nicht hatte abschaffen können. Die Insel

war für die Produktion von Zucker, Melasse und Rum konzipiert worden. Etwas anderes war nicht vorgesehen.
2014 habe ich in Brooklyn mit Zehntausenden von Menschen an einer lehrreichen Würdigung des Zuckers teilgenommen. Anlass war die endgültige Stilllegung der Raffinerie Domino, der größten Zuckerfabrik der Welt, die hundertfünfzig Jahre lang in Betrieb gewesen war.
In Erwartung des Abrisses hatte man in den leeren Hallen, groß wie Kathedralen, eine kolossale »Installation auf Zeit« aufgebaut. Man betrat eine riesige Höhle, von deren Wänden immer noch Zucker rann. Zwischen Figuren schwarzer, aus Karamellzucker geformter Kinder, die *candies* anboten – wie hundert Jahre zuvor in den Großstädten, wo auf der Straße sogenannte *Sugar Babys*, Süßwaren in Form von Negerpuppen feilgeboten wurden, bewegte man sich auf eine schneeweiße, zehn Meter hohe und zwanzig Meter lange Sphinx zu, hergestellt aus dreißig Tonnen weißen Zuckers. Eine nackte afrikanische Frau, ihr Blick leer, leidvoll und zeitlos, bekleidet nur mit einem oberhalb der Stirn zusammengeknoteten Tuch, ein breiter Mund, große Brüste, die Genitalien gut sichtbar in der Mitte des in die Luft gestreckten Gesäßes, nicht auf dem Boden kauernd wie ihr ägyptisches Pendant.
Am Eingang hatte die Künstlerin ein Plakat angebracht:

> Als Höhepunkt ihrer kreativen Arbeit dieser Saison hat Kara E. Walker ein bezauberndes *Sugar Baby* gestaltet, eine Hommage an die unbezahlten oder ausgebeuteten Arbeiter, die unseren Geschmack an Süßem veredelt haben, von den Plantagen bis in die Küchen der Neuen Welt. Aus Anlass des Abrisses der Raffinerie Domino.

Wie lange sich die Zeit für die Sklavinnen und später für die Zuckerarbeiterinnen auch hingezogen haben mochte, die des *Sugar Babys* war von kurzer Dauer: Zum Zeichen des Endes einer Welt fiel es der Spitzhacke zum Opfer.
Seit der Mitte des achtzehnten Jahrhunderts waren die Zuckerrohrplantagen der Inbegriff der kolonialen Welt gewesen. Sie wurden es dann auch für die neue amerikanische Demokratie. Kuba, Haiti, Martinique und Guadeloupe, die Bundesstaaten Louisiana und Mississippi mühten sich ab, den Bedarf an Zucker zu decken, von dem Europa neuerdings abhängig war. Zucker, im achtzehnten Jahrhundert als reine Extravaganz betrachtet, war nun zu einem wesentlichen Nahrungsmittel geworden und diente zur Zubereitung bislang unbekannter Gerichte. War der Zucker zuvor eine Marotte der Aristokratie gewesen, hatte er jetzt Eingang in die Gewohnheiten der englischen, bald darauf auch der deutschen und französischen Arbeiterklasse gefunden, zusammen mit Tee, Likör, Süßspeisen, Marmeladen und Keksen. Im Laufe weniger Jahrzehnte hatte Europa seine Ernährungsgewohnheiten verändert, es hatte sich »versüßt«. Und all das war durch die Arbeit der Sklaven möglich geworden, ebenso wie auch die Sphinx *Sugar Baby*.
Zur selben Zeit hatte die Baumwolle die städtische Landschaft verändert. Hemden, Uniformen, Laken, Unterwäsche, Taschentücher, Arbeitshosen – sämtliche Abbildungen zeigen plötzlich Gesponnenes, Genähtes und Kardiertes, produziert in den großen Fabriken, wo die industrielle Revolution zur Entfaltung gelangt war.
Wie der Zucker basierte auch die Baumwolle auf Sklaverei. Millionen von Männern, Frauen und Kindern, die aus Afrika in die Kolonien verschleppt worden waren, bildeten das Fundament der industriellen Entwicklung in Europa. Um mit Karl Marx zu sprechen, »bedurfte die verhüllte Sklave-

rei der Lohnarbeiter in Europa zum Piedestal die Sklaverei sans phrase (ohne Hülle) in der neuen Welt«*.

Die Sklaverei, die seit Beginn des neunzehnten Jahrhunderts in Europa schrittweise abgeschafft wurde, war die schreckliche Leiche im Keller der Vereinigten Staaten: Die Hälfte des Landes, der Süden, gedieh dank der Sklavenwirtschaft. 1861 schlossen sich zunächst sieben, dann weitere vier Südstaaten zu einer Konföderation zusammen und erklärten ihre Absicht, aus der konstitutiven Union der Vereinigten Staaten auszutreten. Ihre Stärke war beträchtlich. Die Konföderation besaß ein ausgedehntes Territorium, und die Ausfuhr von Tabak, Baumwolle, Zucker und Weizen garantierte der herrschenden Elite eine außerordentliche wirtschaftliche und finanzielle Macht. Die großen Städte des Südens rivalisierten in ihrem Finanzaufkommen mit New York, Boston und Philadelphia. Die Mündung des Mississippi mit dem Hafen von New Orleans war ein neuralgischer Punkt für den internationalen Handel. Innerhalb von fünfzig Jahren hatten die Erfordernisse der Produktion zu einer Verzehnfachung der Sklavenbevölkerung geführt, die nun bei etwa vier Millionen lag, und diese Dimensionen hatten eine Ideologie hervorgebracht. Die Vorstellung, Menschen als »Eigentum« nutzen zu können, trat in der modernen Welt nicht nur als mögliche, sondern als legitime Option auf den Plan. Die Wahrscheinlichkeit, dass sich dieses Modell ausbreiten würde, erwies sich durch Fakten und Absichten. Militärische Expeditionen zur Versklavung Mittelamerikas und Kubas waren bereits im Gange oder in Planung. Die industrielle Revolution, zu der es durch die Egreniermaschine gekommen war – eine Textilmaschine, die die Baumwollfasern von den Samenkapseln

* Karl Marx, *Das Kapital*, Bd. 1, Kap. 24. [Anm. d. Übers.]

und den Samen trennt –, erlaubte die Verzehnfachung der Produktion. Anstatt wie in Europa Fabriken zu errichten und mit ihnen Lohnarbeiter anzustellen und Städte zu bauen, kam es in Amerika genau zum Gegenteil: Immer riesigere Landstriche wurden kultiviert und Millionen von Sklaven aus Afrika importiert.
Das Motiv, das zur Abspaltung der konföderierten Staaten führte, bestand in der Opposition gegen die »abolitionistische« Politik (Abschaffung der Sklaverei) des neuen Präsidenten, des Republikaners Abraham Lincoln. Der furchtbare Bürgerkrieg, der zwischen 1861 und 1865 darauf folgte (etwa 700 000 Tote), endete mit der Niederlage des Südens, der (vorübergehenden) Zerschlagung seiner Ökonomie und einem in der Verfassung verankerten Gesetz, wodurch die Sklaverei abgeschafft und vier Millionen Schwarze, die in den Südstaaten lebten, befreit wurden.

Stellen wir uns vor, man hätte uns in eine Art Videospiel hineinkatapultiert, das in jenen Jahren und an Orten spielte, die unterschiedlicher nicht hätten sein können: einerseits die wilden Ebenen der Neuen Welt, Bären, Indianer, eine Natur, die zu Gold wird – andererseits der antike Mittelmeerraum mit seinen Tempeln, Kathedralen und Feudalherren.

1864. Im Süden der Vereinigten Staaten. Nach dem Fall von Vicksburg, der die Konföderation in zwei Teile gespalten und den großen Fluss unter die Kontrolle des Nordens gebracht hat, beginnt General Sherman seinen grausamen »Marsch ans Meer«. Systematisch legt er alles in Schutt und Asche, vernichtet sämtliche wirtschaftlichen Grundlagen, die es dem Feind ermöglichen könnten, Widerstand zu leisten. Er zerstört die Weizenvorräte, setzt Plantagen in Brand, feuert mit Kanonen auf Städte. Seinen Truppen folgt eine große Schar

befreiter Sklaven, die von den brennenden Plantagen geflohen sind. Ihnen gibt Sherman per Erlass das rein formale Versprechen, dass ihnen allen Land zugeteilt werde: »40 Morgen und ein Maultier« für jede Familie befreiter Sklaven. Dieses Land, eine Million Hektar, soll aus dem Besitz ihrer ehemaligen Herren kommen, das sich die Regierung anschickt zu konfiszieren. Es soll eine Form von Entschädigung sein, ist aber auch ein Bild der zukünftigen politischen Ordnung der Südstaaten.
Das Videospiel der Geschichte weist uns darauf hin, dass das Ganze ein leeres Versprechen, eine Legende, ein Mythos bleiben wird. Hätte der Staat tatsächlich das Land konfisziert und es an die befreiten Sklaven verteilt, so wären aus den Vereinigten Staaten die Vereinigten Sozialistischen Staaten von Amerika geworden, und das lag nicht in seiner Absicht.
In Wirklichkeit wird der Süden während der nächsten zwanzig Jahre von einer von Washington eingesetzten Mischung aus ziviler und militärischer Besatzung regiert. Der Besitz von Land steht nie zur Debatte. Einige der befreiten Sklaven erhalten zwar elende Löhne als Pächter oder Halbpächter, aber weder die vierzig Morgen noch das Maultier, weder Sämereien noch Schulen oder das Wahlrecht. Es sind zu viele. Sie sind ungebildet. Wild. Der Gedanke, ihnen das Wählen zu gestatten, ist vollkommen absurd. Denn sie würden gewinnen. Und das entspricht nun einmal nicht den Spielregeln.

1861. Garibaldi hat seinen Kampf in Sizilien gewonnen, weil er den Bauern das Ende der Sklaverei versprach. Sein Versprechen lautete, dass die großen Ländereien in den Händen der Kirche und der Großgrundbesitzer an die zivilen Behörden zurückgegeben werden. Doch von Anfang an ist klar, dass es dazu nicht kommen wird. Im Städtchen Bronte, am

Fuße des Ätna, wo der Bourbonenkönig dem berühmten englischen Admiral Horatio Nelson sämtliche Ländereien geschenkt hatte (zum Dank für seine Dienste bei der Niederwerfung der Neapolitanischen Republik 1799), bricht unerwartet ein blutiger Aufstand der Bauern gegen die Schergen des »Herzogtums« aus. Dies ist die erste Kriegshandlung nach der italienischen Einigung, und Garibaldi befiehlt die Niederschlagung des Aufstands. Sein fähigster Mann, General Nino Bixio, der entsandt wird, um den Rebellen eine Lektion zu erteilen, lässt die Anführer erschießen und wohnt selbst hoch zu Ross der Hinrichtung bei, mit Augen – so die Chroniken – »leblos wie Glas«.

Zu Aufständen kommt es auch in anderen Landstrichen, in Alcara Li Fusi beispielsweise (davon erzählt Vincenzo Consolo in *Das Lächeln des unbekannten Matrosen*) und 1866 schließlich in Palermo. Siebeneinhalb Tage lang erhebt sich die Stadt, und die königlichen Truppen feuern wie besessen, ohne zu verstehen, auf wen oder was sie da eigentlich schießen. Furchtbare Geschichten von der unerhörten und bestialischen Grausamkeit der Sizilianer machen die Runde.

Nicht zu vergessen, es handelte sich dabei um dasselbe Volk, das ein Bewässerungssystem erfunden hatte, das in der Lage war, Zitronen, Orangen und Oliven zu kultivieren, das Rom mit Weizen versorgte, das über Kenntnisse verfügte, wie man die Luft innerhalb der dicken Mauern der mehrstöckigen Häuser zirkulieren ließ, um sie trotz drückender Sommerhitze kühl zu halten. Das Volk, das die größte Menge Zitronen auf der ganzen Welt produzierte, sie zu konservieren verstand, sie Stück für Stück in prächtiges Papier verpackte, bedruckt mit Zeichnungen, die an die Schönheiten dieser Welt erinnerten, sie auf den Schiffen, die eben diese sizilianischen Produzenten mit ihren Ersparnissen erworben hatten, zum Reifen brachte und sie frisch im Hafen von New

Orleans oder New York auslieferte. In jenen Jahren war Sizilien das, wovon man auch heute noch träumt: Kalifornien und Florida zugleich, als diese noch keine Bedeutung hatten. Es ist eine wahre Schande, dass eine rassistische Regierung und eine vom Reichtum korrumpierte und verdorbene Herrschaftsklasse all das zum Einsturz brachte.

Im heutigen Amerika hat man Mühe, die Spuren der Geschichte, die sich in diesem Teil der Welt zugetragen hat – die riesigen Plantagen, die Sklaverei –, ausfindig zu machen. In den Bundesstaaten Louisiana und Mississippi, dem Schauplatz der Zusammenstöße, herrscht nichts als Leere über der einstigen Szenerie. Der Himmel ist weit, und unter ihm wächst Mais, Soja, immer noch jede Menge Baumwolle, aber die Männer und Frauen von damals sind seit drei Generationen in Chicago, in Kansas und Kalifornien angesiedelt. Aussaat und Ernte werden von Maschinen übernommen, groß wie ein Haus, Flugzeuge bringen Dünger und Pestizide aus, erinnern an Weihrauchgefäße, deren Duftstoffe durch verlassene Kirchen ziehen. Eine Handvoll Großunternehmen liefert das Saatgut und erntet die Produkte, die als Zusatzstoffe zum Autobenzin verwertet werden. Die Natur präsentiert ihre Rechnung in Form von Überschwemmungen, Dürren und Erosionen, und die Rückstände der Gifte, die von der Nahrungsmittelindustrie und den Chemiekonzernen in Umlauf gebracht werden, finden sich im menschlichen Organismus wieder.

2014 veröffentlichte Professor David Brion Davis im Alter von fast neunzig Jahren seinen letzten Band über die Sklaverei, ein Thema, das ihn sein ganzes Leben lang beschäftigt hat und als dessen wichtigster Forscher er gilt. Es ist ein schmales Buch von grundlegender Bedeutung. Brion Davis erzählt, dass das dringende Bedürfnis nach Verstehen in ihm erwachte, als er 1945 als ganz junger Mann eingezogen wurde und ein Angriff der amerikanischen Truppen in Japan geplant war (ein Schlag, der nicht mehr nötig wurde, da die Atombombe die Japaner zur Kapitulation brachte). Er war an Bord eines großen Kriegsschiffes, und sein Vorgesetzter drückte ihm einen Schlagstock in die Hand: »Geh runter und verprügle alle, die um Geld spielen.« Brion Davis ging – er war zum ersten Mal unter Deck – und sah sich in einem von schwarzen Matrosen überquellenden Schiffsraum. Einer rief ihm zu: »He, was machst du hier, du blondes Bürschchen?« Brion Davis erinnert sich daran, wie er urplötzlich den Laderaum eines Dampfers aus dem neunzehnten Jahrhundert vor sich sah, der Sklaven in die Neue Welt brachte. Die minderwertige Rasse. 1945 setzte Amerika diese Tradition immer noch fort. Zur selben Zeit, in der Hitler durch die Rassentheorien, durch die Konzentrations- und Vernichtungslager die Sklaverei in die Praxis umgesetzt hatte. Zur selben Zeit, in der Stalin die Zwangsarbeit für Millionen politischer Gegner eingeführt hatte. Auch zweihundert Jahre später schien das Konzept der Sklaverei in der Welt keineswegs besiegt zu sein.

In seinem letzten Buch filtert Professor Brion Davis einige erschütternde Wahrheiten heraus. Die Menschen, vor allem die weißen Amerikaner des neunzehnten Jahrhunderts, waren rational davon überzeugt, dass es ihr gutes Recht war, die Schwarzen zu versklaven, sie als ihr Eigentum, als eine bewegliche Habe zu betrachten, denn die Geschichte bewies ja, dass es sich bei den Afrikanern nicht um leibhaftige Menschen, sondern um eine besondere Art der tierischen Rasse handelte und folglich dem *höher* entwickelten Menschen die Aufgabe zufiel, sie genau wie die anderen Haustiere zu domestizieren. Sie erhielten Zuspruch durch die Bibel, die die

Sklaverei zugestand; durch Aristoteles, der sie als natürliche Gegebenheit betrachtete; durch die Wissenschaft, die seit der Antike fortwährend Argumente zugunsten eines Unterschieds zwischen den Menschen vorbrachte. Sie hatten gelernt, sie anhand des Knochenbaus, der Lippen, des Gebisses zu klassifizieren und zu bewerten. Ihre sexuellen Regungen und ihre Unempfindlichkeit gegen Schmerzen waren bekannt.

Das aber war nur die Oberfläche. Darunter verbarg sich die kollektive, ihr ganzes Leben beherrschende Angst. Die Väter zwangen ihre Söhne, die Züchtigungen der Sklaven »mitanzusehen«, und wussten doch, dass ihnen diese Erziehung zum Fluch geriet. Sie lebten in Angst und Schrecken vor einem Aufstand wie dem auf Haiti, wo die Sklaventruppen fünfzigtausend erfahrene, von Napoleon Bonaparte entsandte Soldaten geschlagen hatten. Die weite Landschaft und die riesigen Ländereien waren von ihren Alpträumen besetzt. Überall hatten sie Glocken angebracht, mit denen sie Alarm schlagen konnten, falls entsprechende, durch Trommeln übermittelte Meldungen zu hören waren. Es war dieses tiefinnere Schuldgefühl und die unbestimmte Ahnung, dass der Tag der Abrechnung kommen und die Welt der Weißen zu den furchtbarsten Verirrungen und schließlich zur Vernichtung treiben würde.

Am Ende des Bürgerkriegs irrten die Menschen in der trostlosen Gegend des Mississippi-Deltas umher, rings um sie eine zerstörte Welt. Die Sklaven waren frei, doch arm und erschöpft, sie besaßen weder Herrn noch Haus, starben an Malaria, am Gelbfieber, an Pocken, Ruhr und Cholera. Abraham Lincoln, ihre Galionsfigur, war einem Attentat zum Opfer gefallen. Die neue Macht im Norden zeigte sich weder besonders stark, noch dem vorherigen Regime moralisch über-

legen. Wie vor dem Krieg setzte sich das Land als einziger Gewinner durch.
Das Land wurde von der Louisiana Sugar Planters' Association repräsentiert, einer Vereinigung von etwa fünfhundert Plantagenbesitzern rund um den großen Fluss.
Es handelt sich hierbei um die Herren des Südens – Engländer, Holländer, Deutsche, Franzosen. Ihren Reihen entstammen die Politiker, die Gouverneure, die Wahlkollegien, die den Präsidenten wählen. Der Gedanke, Ländereien abzutreten, streift sie nicht im Entferntesten, ebenso wenig wie das Versprechen, sie mit den ehemaligen Sklaven zu teilen. Im Strudel der Zusammenbrüche von Banken, von rasantem Preisverfall, Streiks und Arbeitsniederlegungen kultivieren die Planters die radikalste und ungesündeste aller Ideen. Nämlich die ehemaligen Sklaven, derer man sich nun nicht mehr so leicht entledigen kann, durch eine neue Arbeitskraft zu ersetzen, die wenig kostet, gefügig ist, keine Ansprüche stellt. Ein absolutes Eigentumsverhältnis würde es nicht mehr geben, das wissen sie. Der Gedanke an irgendeine Form des Lohns, etwas, das sie zuvor nicht einmal in Erwägung gezogen hatten, wird daher hingenommen. Der Lohn, der ihnen vorschwebt, hat allerdings eher symbolischen als realen Wert. Vor allem liegt er unter dem, was die Schwarzen herausschlagen könnten.
Die Louisiana Planters' Association setzte zunächst auf die chinesische Karte, verwarf sie aber bald: Die Chinesen waren zu schwach für landwirtschaftliche Arbeit. Sie besaßen zu viele Defekte: Sie verstanden die Befehle nicht, waren unfähig, die Sprache zu erlernen, widersetzten sich der Disziplin. Aber vor allem: Zu viele von ihnen kamen infolge der Schufterei zu Tode. Man hatte sie auf den kubanischen Plantagen getestet und leider feststellen müssen, dass viele es zu den Stoßzeiten der Arbeit vorzogen, Selbstmord zu begehen.

Also fiel die Wahl auf die Sizilianer. Die Planters' Association ließ vom Bundesstaat Louisiana ein Gesetz absegnen, das die Einwanderung sizilianischer Arbeitskräfte erleichterte, und unterzeichnete direkte Abkommen mit den italienischen Botschaftern, um den Zustrom von Bauern zu befördern. Die Arbeit der sizilianischen Emigranten sollte unter der Ägide und dem Schutz des italienischen Königs vonstattengehen. Gleichzeitig hatte die Planters' Association auf Gesetzen bestanden, die die »Landstreicherei« untersagten: Wurde also ein Schwarzer (oder ein Sizilianer) außerhalb der Plantage überrascht, konnte er verhaftet werden. Was im Klartext bedeutete, dass die Plantagen von bewaffneten Wachen umstellte Lager waren.

Dem Beispiel der Planters von Louisiana folgten die Grundbesitzer von Mississippi, die hunderttausend Hektar Land mit Baumwolle, Zuckerrohr, Weizen und Reis zu bewirtschaften hatten. Auch sie wandten sich an das neugegründete Königreich Italien, das sehr erpicht darauf schien, sein Volk loszuwerden. Eine Reihe von Abkommen bezogen die Kirche, italienische Landbesitzer und Aufsichtsbehörden ein. Darunter auch Emanuele Ruspoli, Prinz von Poggio Suasa und Bürgermeister von Rom. In einer vertraglichen Vereinbarung, die sich bald als Schwindel erwies, bot eine amerikanische Gesellschaft, die zehntausend Hektar Baumwollpflanzung im Grenzgebiet zwischen Mississippi, Louisiana und Arkansas besaß, Parzellen von zwölfeinhalb Hektar an. Diese könnten für zweitausend Dollar, in Ratenzahlungen über zweiundzwanzig Arbeitsjahre, erworben werden. Die Menschen machten sich zu Tausenden auf den Weg.

Merkwürdige Gestalten waren mit einem Mal in den sizilianischen Dörfern anzutreffen. Beispielsweise Mr. Morrison und Mr. Falco, gekleidet in weiße Leinenanzüge mit Strohhut auf dem Kopf. Sie zeigten sich an der Seite des Bürger-

meisters, besuchten die Messe, knieten in der Kirche nieder, spazierten durch den Ort und drückten viele Hände. Mr. Morrison war der Vertreter der Louisiana Planters' Association und sprach kein Wort Italienisch. Mr. Falco aus Palermo, der schon lange dort unten in Amerika lebte, trat als sein Assistent auf und beantwortete bereitwillig jede Frage. Wenn sie dann eine Zeitlang umhergestreift und keine Unbekannten mehr waren, wurde eine Versammlung einberufen, manches Mal sogar in der Kirche. Mr. Falco erklärte die Bedingungen des Abkommens. Die Gesellschaft zahlte die Reise und zwanzig Dollar im Monat. Man musste mindestens sechs Monate bleiben, den Zeitraum der *zuccarata*, der Zuckerrohrernte von Oktober bis Dezember, eingeschlossen. Man durfte die Familie mitbringen, aber auch sie musste arbeiten. Man konnte einen Garten für den eigenen Bedarf anlegen, mehr aber nicht. Frühestens nach sechs Monaten konnte man darum bitten, nach Hause zurückzukehren, und die Gesellschaft würde für die Überfahrt aufkommen.
Nachdem Mr. Morrison noch erklärt hatte, dass das Klima angenehm sei, bereits viele Landsleute dort lebten und es genau wie in Sizilien auch die katholische Kirche gab, verlas Mr. Falco einen Brief von Baron Francesco Fava, Botschafter des Königreichs Italien in Washington. Dieser empfahl den sizilianischen Mitbürgern wärmstens, auf die Angebote seitens der Plantagen einzugehen. Louisiana, so der Botschafter weiter, wäre genau der richtige Ort für Bauern, denen die Landarbeit leicht von der Hand ging, die Geld verdienen und davon auch etwas nach Hause schicken wollten. Und nicht allein das, wenn sie hart genug arbeiteten, konnten sie genügend Geld beiseitelegen, um Land zu kaufen und es zu bestellen. All das war weitaus besser als die Bergwerksarbeit, für die in anderen amerikanischen Bundesstaaten geworben wurde, oder als das unüberschaubare New York, wo man

gezwungen war, unter der Erde zu arbeiten, um die Untergrundbahn zu bauen, und auf engstem Raum in kalten, dunklen und feuchten Behausungen untergebracht wurde. Außerdem, das garantierte der Botschafter, der übrigens im Namen des Königs sprach, gäbe es auf den Plantagen italienische Inspektoren, die jeder Forderung oder Beschwerde der italienischen Arbeiter sofort nachgehen würden.

Also zogen sie los, und wie sie loszogen! All diejenigen, denen das junge italienische Königreich, die Kolonialkriege, die sieben Jahre Kriegsdienst, die Steuerabgaben nichts als Elend und Verderben gebracht hatten, machten sich auf den Weg. Auf dem Schiff wurden sie instruiert, welche Antworten sie bei ihrer Ankunft geben mussten, wenn sie gefragt würden: Bist du Anarchist? Nein. Bist du polygam beziehungsweise mit mehreren Frauen verheiratet? Nein. Hast du Krankheiten? Nein. Hat dir irgendjemand von hier eine Arbeitsstelle angeboten? Nein. (Vor allem auf diese Frage war mit Nein zu antworten, offiziell war die Einwanderung per Anwerbung von Gesetzes wegen untersagt.) In New Orleans dann verließen sie, als Erkennungszeichen eine rot-weiße Binde am Arm, das Schiff, und andere Sizilianer nahmen sie in Empfang und brachten sie auf die Plantage. Dort trafen sie auf zwei Realitäten. Eine furchtbar anstrengende Arbeit und eine Reihe von berittenen Männern, die aufpassten, dass sie arbeiteten und nicht davonliefen. Genau wie die Aufseher im Dorf. Hier hießen sie *overseer*, und auch bei ihnen handelte es sich um Sizilianer. Wie viele es von denen gab! Das ganze System wurde, nach sizilianischer Art, *Padrone-System* genannt. Die *nivuri*, die *milanciana*, das heißt die Schwarzen, arbeiteten, aßen und schliefen in getrennten Baracken. Sie stellten fest, dass Regentage nicht entlohnt wurden (»rain, no work, no pay«), dass ein Teil des Lohns aus Blechwertmarken bestand, auf denen »gültig für ein Stück Fleisch«, »gültig für einen Teller Polenta« eingraviert war, und all das wurde in der Verkaufsstelle der Plantage ausgegeben. Während der Zuckerrohrernte gab es viele, die ohnmächtig wurden. Beim Umfüllen der Melasse in die verschiedenen Becken, zum Kochen, zum Abkühlen, zur Gewinnung des Rohzuckers, verbrannte man sich leicht am Feuer oder durch Spritzer des kochenden Saftes. Die Tage waren endlos. Die *nivuri* sangen ihre Klagelieder, die Sizilianer ebenfalls. Eines davon ging so:

Madonna, quant'è àutu su suli!
Pi carità facìtilu cuddàri!
Non lu facìti, no, pi lu patrùni,
ma pi sti puvureddi iurnatàri
ca, sìdici uri a facciabuccùni
li rini si li màncianu li cani ...
Iddu si vivi 'u vinu all'ammucciùni
e nui vivemu l'acqua di vaddùni
unni mèttinu a moddu li liàmi!*

Es gab keine Hoffnung, Land zu kaufen, und auch nicht viel, was man nach Hause schicken konnte. Die einzige Chance war, wenn man es schaffte, nach New Orleans zu entkommen, wo Arbeit in den Obstgärten, auf den Schiffen, im Hafen oder auf dem Markt zu finden war.

Die Stadt der *Dagos*. Halb weiß, halb schwarz, die neue minderwertige Rasse. Bösartig, gefährlich. Konnte man sie jedoch unter der Knute halten, waren sie gut genug, um das Land zu bearbeiten.

* Madonna, wie hoch steht diese Sonne! / Um Gottes willen, lass sie untergehen! / Oh, tu es nicht, oh nein, für den Herrn, / sondern für diese armen Tagelöhner, / die sechzehn Stunden lang für einen Bissen schuften, / den Rücken zerfetzt von den Hunden ... / Er trinkt heimlich den Wein, / und wir trinken das Wasser aus dem Fluss, / wo Weidenruten einweichen, mit denen man uns fesselt!

6 Im Schädel der *Dagos*

Die drei Brüder Defatta sowie Fiduccia und Cirami fanden sich mit einer Schlinge um den Hals in einem kleinen Ort in Louisiana wieder, weil ihre Mörder – sie selbst bezeichneten sich als Scharfrichter – sie als gefährliche Vertreter einer minderwertigen Rasse ausgemacht hatten. Als »Negroide«, mit allem, was diese Klassifizierung mit sich brachte: auf gefühlsmäßiger Ebene primitiv, bösartig, aufsässig, unfähig zur Anpassung an ein zivilisiertes Leben. Bestien gleich. Auf die Tötung einer Ziege hatten sie reagiert, wie ein Rudel wilder Tiere es getan hätte. Aufgabe der Weißen, die sich in Tallulah als »Angehörige der kaukasischen Rasse« definierten, war es, die Ansiedlung jener minderwertigen Rasse in ihrem Territorium zu verhindern, ebenso wie deren Bündnis mit den Schwarzen. Daher war es gut und richtig, sie zu töten. Eine Art Vorbeugungsmaßnahme.
Nachdem sie sie getötet hatten, traten sie bestimmt vor, um sie von Nahem zu begutachten, wie man es bei toten Tieren macht. Noch deutlicher werden ihnen dabei die breiten Lippen aufgefallen sein, die lockigen Haare, die olivfarbene Haut, so anders als die ihre. Das waren die Merkmale ihres Typs und ihrer Herkunft aus einer der zahllosen Regionen

Afrikas. Sonderbar, all dem hatten sie gar nicht so viel Aufmerksamkeit geschenkt, als sie die schönen, in knisterndes, seltsam bemaltes Papier verpackten Zitronen, eine Melone, ein Brötchen mit eingelegter Paprika oder eine Flasche Likör bei ihnen gekauft hatten. Wie hatte ihnen das nur entgehen können! Welchem Risiko hatten sie sich dabei ausgesetzt!

Die Zeitungen ließen der Empörung sofort freien Lauf, denn bei den fünfen handelte es sich um Untertanen des italienischen Königreichs, die sich aufgemacht hatten, um zehntausend Kilometer entfernt zu arbeiten; die amerikanischen Barbaren hatten es mit ihrer Ermordung unserem König gegenüber an Respekt fehlen lassen.
Wären die fünf nicht auf einem Flecken in der Nähe des Mississippi gestorben, sondern in Sizilien – bei einem Dorfaufstand, bei einer Streitigkeit um das Land, oder weil sie sich geweigert hatten, einem Befehl der Armee nachzukommen –, auf irgendeinem Platz oder auf den Treppenstufen einer Dorfkirche –, so hätte sich das Urteil über sie nicht groß von dem der amerikanischen Kollegen unterschieden. Die Gebrüder Defatta konnten also zufrieden sein, denn wären sie daheim in Cefalù ermordet worden, hätte man sie nicht einmal namentlich erwähnt. Mit etwas Glück hätten sich Mediziner und Wissenschaftler, Anthropologen und Ökonomen, Militärs, Geistliche und Staatsanwälte interessiert daran gezeigt, den biologischen Ursachen für ihre Minderwertigkeit auf den Grund zu gehen. Und auf diese Weise wären sie in die Geschichte eingegangen.
Im jungen Italien war tatsächlich eine neue Wissenschaft im Aufschwung, die nach den Ursachen für das soziale Unbehagen forschte und dazu die Schädel vermaß, die Stärke der Körperbehaarung, den Abstand zwischen den Augen, die

Art der Ohrläppchen, die Dichte der Augenbrauen, die Fülle der Lippen, die Farbe der Haut.

Da es die Armen waren, die den Kriminalstatistiken Nahrung gaben, konzentrierte sich die damalige Forschung auf sie und stellte rasch eine Reihe von Gleichsetzungen auf. Der Arme ist kriminell, der kriminelle Arme ist Sizilianer, die Sizilianer sind Kriminelle, die sizilianische Rasse ist kriminell. Nie war vor der Entstehung des Königreichs Italien von einer »sizilianischen Rasse« die Rede gewesen. Jetzt sprach man unentwegt davon.

Verbreitet wurden die Nachrichten von den Männern aus dem Norden, die zunächst mit Garibaldi, dann mit den piemontesischen Truppen auf der Insel eintrafen. Die Anhänger Garibaldis, die den Mut und die Großzügigkeit der kleingewachsenen Sizilianer gerühmt hatten, waren als Erste bestürzt von der Gewalttätigkeit der Volksaufstände um das Land. Nach Giuseppe Cesare Abba, dem populärsten Schriftsteller des Risorgimento, der sich während der Revolte gegen das Herzogtum der Engländer in Bronte aufhielt und Zeuge von deren Niederschlagung durch Nino Bixio wurde, hatten sich die Aufständischen »aus der menschlichen Gemeinschaft« herauskatapultiert. Die Landlosen, die man mehr oder weniger als Sklaven angesehen hatte, die es zu befreien galt (»Wir sind dem Schrei des Schmerzes gegenüber nicht unempfindlich«, hatte König Viktor Emanuel II. gesagt, »Ihr werdet eurer Herrschaft nicht mehr die Hand küssen müssen«, das waren Garibaldis Worte gewesen), hatten nun die Hand derer gebissen, die ihnen zu Hilfe geeilt waren. Im ganzen Süden stieß das neue Königreich auf Widerstände: Verweigerung des Kriegsdienstes, Versuche, die Niederlage der Bourbonen zu rächen. Doch ganz sicher bewirkte der Aufstand von Palermo bei den Piemontesern eine Veränderung in ihrer Wahrnehmung der Sizilianer.

Im September 1866, nach Einführung des Tabakmonopols, nach neuen und härteren Auflagen für den Militärdienst und Einschränkungen bei den Feierlichkeiten für Santa Rosalia, die Schutzheilige von Palermo, brach der Aufstand los. Italien hatte eben erst eine demütigende militärische Niederlage erlitten, und die Überlebenden von Lissa, Seeleute, die zu Hunderten nach Hause geschickt worden waren und nun auf die Insel zurückkehrten, erzählten, wie sie in letzter Minute den Schrecken des Todes entronnen waren.
(Ob sich auch unser Giuseppe Defina unter den Aufständischen befunden hat? Wer weiß. Die Niederlage von Lissa hatte diese Regionen schwer getroffen. Allein auf Lipari waren achtzehn tote Matrosen zu beklagen.)

Sieben Tage lang wurde Palermo belagert und ausgehungert. Einheiten der Carabinieri wurden überfallen und niedergemetzelt. Die Militärflotte, ausgerechnet unter dem Kommando von Admiral Persano, dem Verlierer von Lissa, kreuzte im Hafen und beschoss die Stadt. Schließlich trug General Raffaele Cadorna den Sieg davon. An einem einzigen Tag gab es in Palermo zweitausend Tote und dreitausendsechshundert Gefangene. Um die Brutalität des Vorgehens zu rechtfertigen (allein dieser Aufstand ließ die Garibaldi'schen Heldentaten insgesamt wie einen harmlosen Appetithappen vor einem Massaker wirken), verbreitete Cadorna grauenerregende und komplett erfundene Geschichten: Exekutionen von Piemontesen, die Kreuzigung eines Soldaten, Verkauf von Menschenfleisch auf den Straßen Palermos und, laut Aussage eines Carabiniere, ein Akt von Kannibalismus an einem Polizisten durch eine Meute sizilianischer Frauen.
Diese Ereignisse, in Verbindung mit der Wahrnehmung anderer militärischer Angriffe, brachten die Insel – und viele andere Teile des erst vor kurzem an das Königreich Savoyen

angeschlossenen Südens – in einen Zustand militärischer Besetzung, der, mitunter lockerer, mitunter strenger, dreißig Jahre lang andauerte. Die Unterdrückung, die Massenverhaftungen, die militärische Besetzung des Territoriums wurden als einzig mögliche Form der Bezwingung eines grausamen und unzivilisierten Volkes betrachtet. Da sich die Gewalt im Wesentlichen gegen das Eigentum richtete – die Ländereien, die Häuser, das Leben der Herrschenden –, ging mit der Repression die Entstehung einer neuen heimischen Klasse einher, deren Aufgabe es war, mit allen Mitteln für Ordnung auf den Feldern zu sorgen; und aus dieser Mischung formte sich dann die örtliche Bourgeoisie. Antworten auf die Analyse der Ursachen dieser endemischen Revolte kamen weder von der Politik noch von der Soziologie, sondern von einer neuen Wissenschaft, der italienischen Kriminalanthropologie, die in ihrem Heimatland, vor allem aber in Amerika großes Gehör finden sollte.

Diese neue Forschungsrichtung – herangewachsen im Schoß des Positivismus – versuchte, mit wissenschaftlichen Methoden die Ursachen und Auslöser für die Kriminalität zu bestimmen. Und die fand sie nicht, wie man hätte erwarten können, im sozialen Umfeld, im Elend, in der Unwissenheit der Menschen, sondern im »Körper« des Kriminellen. Nach Cesare Lombroso, dem international bejubelten Star dieser neuen Wissenschaftsdisziplin, »wies der Körper des Verbrechers die Zeichen einer teils pathologischen, teils atavistischen Anomalie auf, die ihn auf eine Stufe mit dem primitiven Wilden stellte«. Lombroso war ein junger jüdischer Arzt aus Verona, Patriot, Sozialist, Autor wegweisender Entdeckungen zur Entstehung der Pellagra*, ehemaliger

* Eine Erkrankung, die in Gegenden mit hohem Maiskonsum, vor allem in armen Regionen Südeuropas und Amerikas auftritt. Ausgelöst wird die Pellagra (raue Haut) durch einen Mangel an Nicotinsäure. [Anm. d. Übers.]

Offizier im Kampf gegen das Banditentum in Kalabrien und Professor für Gerichtsmedizin an der Universität von Turin. Seine »Intuition« verdankte sich einem Glücksfall, als ihm der Schädel eines gewissen Giuseppe Villella in die Hände fiel, ein alter Häftling, der im Gefängnis von Pavia gestorben war. Den mageren biographischen Hinweisen der Strafanstalt zufolge, handelte es sich bei ihm um einen bekannten Banditen im kalabrischen Motta Santa Lucia. Man kann sich Lombrosos Aufregung vorstellen, als er die innere Schädeldecke seines Fundstücks abtastete und dabei mit dem Finger über das Hinterhauptbein fuhr. Dort, wo der menschliche Schädel eine leichte Erhöhung aufweist, die anatomisch beide Hälften des Kleinhirns teilt, ertastete er bei Villella hingegen eine Vertiefung, so als ob dieser Teil des Schädels einen dritten Kleinhirnlappen beherbergt hätte. Ein Phänomen aus früheren Stadien der tierischen Entwicklung, sichtbar beispielsweise am Schädel der Lemuren von Tansania. Villella, ein Krimineller, trug die Stigmata einer primitiven, archaischen, zum Stillstand gekommenen Evolution.
Heute mag uns das alles wie ein schlechter Scherz vorkommen. Wir dürfen jedoch nicht vergessen, dass Villellas Schädel 1876 die Attraktion war, die Lombroso zu internationaler Bekanntheit verhalf. Sein Institut erhielt finanzielle Unterstützung, wurde mit Laboratorien ausgestattet, und Scharen von Ärzten bekannten sich zu seiner Theorie. Die Kriminalität, mit der sich das junge italienische Königreich konfrontiert sah, besaß eine Erklärung, die zu einer amtlichen Wissenschaft wurde, und damit ebenso unbestreitbar wie die Sehnsucht der Venezianer, Italiener zu werden. Der Souverän war dabei, sich sein Volk auszusuchen.

Die von den Kriminalwissenschaften aufgestellten Theorien wurden umgehend auf die »süditalienische Frage« angewen-

det. Lombroso erklärte, er hätte dieselben Ausformungen des Atavismus bei ganzen Völkerschaften in Kalabrien festgestellt, er sprach von Süditalien als einer »minderwertigen Zivilisation«, gekennzeichnet durch eine »Kriminalität, die im Blut liegt«. Darauf machte er sich an eine Klassifizierung der Rassen und ordnete die Süditaliener der weißen Rasse zu, die biologisch und ethisch der schwarzen überlegen sei. Aber – so fügte er hinzu – der Übergang von Schwarz zu Weiß sei undeutlich. Anhand der Beschreibung von Ägyptern, Berbern, Abessiniern und Somaliern kam Lombroso zu dem Schluss, dass sich »die Transformation der schwarzen Rasse zur weißen über die semitischen und hamitischen Rassen« vollzogen habe, die »weiß oder beinahe weiß« und ebenfalls in Süditalien anzutreffen seien.
Blieb Lombroso hie und da noch etwas vage, so äußerte sich Giuseppe Sergi (gebürtig aus Messina, ein Mitstreiter Garibaldis), Professor für vergleichende Anatomie und indoeuropäische Sprachen, umso deutlicher. Ihm verdankt sich eine komplizierte Theorie der Differenzierung rassischer Eigenschaften, die auf der Form des Schädels beruht. Wie Sergi erläuterte, hatte der Mensch in einer Folge von Färbungen und Entfärbungen die euro-afrikanische Rasse begründet, die dann aus Asien von der arischen Rasse attackiert worden war (Kelten, Germanen und Slawen). Die Arier, wahre Wilde, zerstörten das überlegene, von den griechischen und lateinischen Kulturen repräsentierte Zivilisationsmodell. Dann schwenkte Sergi jedoch um und erklärte, dass die mediterrane Rasse durch einen Stillstand in der sozialen Entwicklung degeneriert sei, dass sie im Mezzogiorno sowohl die Camorra wie die Mafia hervorgebracht habe. Eine dritte Kapazität, Professor Alfredo Niceforo aus Castiglione in Sizilien, ebenfalls Sozialist, bemühte sich, Arier und Mediterrane auf einen Nenner zu bringen, indem er geringschätzig

scharfe Grenzen zwischen Nord- und Süditalien zog. Der Süden, sagte er, sei geprägt von einer »gewalttätigen, brutalen, individualistischen Rasse«, »die sizilianische Mafia ist ein atavistischer Fortbestand des feudalen arabischen Geistes und dem der gebildeten Herren im Norden konträr«. Italien, so die Schlussfolgerung von Niceforo, sei keineswegs vereint, und der Mezzogiorno, speziell Sizilien, werde von einer »verfluchten Rasse« bewohnt. Mit einem leidenschaftlichen Hang zur Politik verschaffte Niceforo seinen Analysen durch die Stimme des sozialistischen Abgeordneten Enrico Ferri Gehör im Parlament. Ferri, der sich selbst als Marxist und Darwinist bezeichnete, stand im Ruf, ein großer Redner zu sein. Die Ausführungen über die rassische Unterlegenheit der Süditaliener waren sein rhetorisches Glanzstück.
Diese Positionen beherrschten in der Tat die gesamte politische Szene Italiens und begleiteten die große Emigration der Sizilianer nach Amerika. Es hieß für sie, anderswo ihr Glück zu suchen, weil sie zu Hause einen solch schlechten Ruf besaßen. Nur einen Einzigen gibt es, dessen hier gedacht werden soll: Den Sizilianer Napoleone Colajanni, Arzt und Abgeordneter, eine aufrechte Persönlichkeit, der – fast immer in absolutem Alleingang – die Theorien seiner Kollegen verurteilte, die Ruchlosigkeit des Großgrundbesitzes verdeutlichte, den Skandal der Kinderarbeit, die von der Zentralregierung betriebene Raubwirtschaft. Doch die Vorstellung von der »verfluchten Rasse« erwies sich als weitaus beliebter.
Was sollte man mit dieser Rasse machen? Sie an die Amerikaner zu verkaufen, schien eine gute Idee zu sein.

Die damalige Welt war in großer Bewegung. Die »minderwertige sizilianische Rasse« wurde auf Schiffe verfrachtet und reiste zusammen mit Ladungen von Orangen und Zitronen. Zu Beginn des großen Handels hatte es sich um Tonnen von Zitronen gehandelt, in Begleitung des einen oder anderen Bauern. Im Laufe der Jahre wurden es immer weniger Zitronen und immer mehr Emigranten. Zuvor waren die Schiffe randvoll mit Schwefel – Sizilien war der größte Schwefelproduzent weltweit, ein Schatz, der sich der Arbeit von Kindersklaven in den Gruben verdankte. Jetzt, da die Schwefelgruben nichts mehr hergaben, legten die Schiffe mit jungen Männern, die bereits an Leid und Entbehrung gewöhnt waren, nach Amerika ab und kehrten mit amerikanischem Schwefel beladen zurück. Italien verkaufte keine Zitronen und keinen Schwefel mehr, versuchte aber, zumindest aus der verfluchten Rasse Profit zu schlagen und sich ihrer endlich zu entledigen.

Es herrschte also viel Betrieb auf den Schiffen, die von Sizilien aus in die Neue Welt aufbrachen. Und in den Schiffsbäuchen kursierten die Nachrichten. Was man heute, hundert Jahre später, in den Geschichtsbüchern liest, erfuhren die Auswanderer aus erster Hand.

Auf den riesigen Plantagen war es zum ersten Mal zum Streik gekommen. 1887 hatten die Schwarzen das Zuckerrohr in vier Parishs von Louisiana verfaulen lassen, so etwas hatte es zuvor noch nie gegeben. Sie hatten eine Gewerkschaft gegründet, die sogenannten »Ritter der Arbeit«, und forderten einen Lohn von einem Dollar fünfundzwanzig am Tag, zahlbar alle zwei Wochen, nicht monatlich, Achtstundentage und Schulen – kein Schuften für die Kinder mehr. Alle legten die Arbeit nieder. Die Pflanzer wandten sich an den Gouverneur, sie marschierten direkt in seinen Palast und wussten, dass er sie unterstützen würde, denn auch er besaß eine große Plantage. Und Mr. McEnery schickte die Soldaten und sagte, die Schwarzen müssten auf den unteren Stufen bleiben, denn: »Gott der Allmächtige hat die Weißen von den Schwarzen getrennt.« Alle Streikenden wurden nach Thibodaux in der Nähe von New Orleans geschafft, und dort eröffnete man das Feuer auf sie. Niemand hat je erfahren, wie viele Tote es gab, denn die Überlebenden flohen in die Wälder und kehrten nie mehr zurück. Aber es waren viele, heißt es.

In den Schiffsbäuchen ging die Rede davon, dass man den Platz der *nivuri* einnehmen werde. Seit dem Abzug der Yankee-Truppen gab es niemanden mehr, der die Schwarzen schützte, und wenn sie nicht arbeiteten oder einen Weißen anrührten, hängte man sie, für alle sichtbar, an den Bäumen auf; und weiter hieß es, dass sie, die Sizilianer, die Schwarzen ersetzen würden und die Plantage nichts anderes als eine Kaserne war; und dass sie, wenn sie einen Schwarzen hängten und anschließend verbrannten, ein aus ihren sizilianischen Landsleuten bestehendes Kommando hinschickten, um die Asche zusammenzukehren und zu verscharren. Allerdings konnte man auch davonlaufen, und in New Orleans gab es viele Landsleute, die ihr Glück auf den Schiffen und im Obsthandel gemacht hatten.
Es hieß, dass es einen Ort gebe, an dem Erdbeeren angebaut würden, und dass Sizilianer sich durchgeboxt hätten, bis es ihnen gelungen sei, dort ein Stück Land zu erwerben. Und so sei heute dort jeder Tag ein Sonntag, die Straßen seien mit Gold gepflastert. Das sollte im Parish von Tangipahoa sein, deren Hauptstadt übrigens einen italienischen Namen besaß: *Indipendenza*.
Es hieß, das italienische Heer sei nach Afrika gegangen, um Land zu erobern, aber an einem Ort namens Adua hätte Menelik, der Anführer der Schwarzen, die Italiener mit Bajonetten massakrieren lassen, dreitausend Tote, und er habe

währenddessen ganz ruhig unter seinem Zeltdach gesessen. Wie schwachsinnig die Sizilianer doch waren! Sie seien nicht geflohen, und so hätte man alle ermordet. Sie hätten sich in der Wüste in Einheiten aufstellen müssen, und der Offizier habe gesagt: »Sizilianische Einheiten, nacheinander vorgetreten!«, und sie hätten gerufen: »Zur Stelle!«, und dann seien sie alle getötet worden.
Es hieß, dass sie in Sizilien, genau wie die Schwarzen in Amerika, eine Gewerkschaft gegründet hätten, die *Fasci Italiani*. Und alle – die Frauen vorneweg! – seien durch die Dörfer marschiert und hätten Land zum Bestellen und Saatgut gefordert, sie hätten gesagt, die Kinder sollten nicht mehr in den Schwefelgruben arbeiten. Sie hätten Bilder von Jesus Christus, vom König und von Peppino Garibaldi vor sich hergetragen. Aber die Truppen hätten sie trotzdem niedergeschossen, da half nichts. In Lercara Friddi, in Caltavuturo, Gibellina, Pietraperzia, Belmonte Mezzagno und in Marineo.
Da hatte sich Sizilien mit Francesco Crispi als Staatsoberhaupt ja etwas Schönes eingebrockt – ein Landsmann gegen seine eigenen Landsleute! Crispi hatte einen piemontesischen General mit vierzigtausend Soldaten geschickt. Sie erschossen sogar die Frauen vor den Kirchenmauern. Alle Zeitungsredaktionen wurden geschlossen, damit man nichts davon erfuhr. Sie bezeichneten die *Fasci* als eine internationale Verschwörung der Anarchisten und der Bourbonen. In der Nacht umstellten sie die Dörfer, nahmen alle Männer mit und füllten die Inseln bis an den Rand mit Gefangenen. Und als sie die Anführer verhafteten und zum Prozess nach Palermo brachten, waren die Prinzessinnen gekommen, um zu sehen, ob es sich bei ihnen tatsächlich um Tiere handelte.

Die Schiffe legten ab und kehrten zurück, und die Reden werden sich mehr oder weniger um diese Dinge gedreht haben.

Was glaubt ihr, worüber sonst hätten all diese Leute reden sollen?

Aber die Geschichte versteht es, boshaft und sarkastisch zu sein.

Der Gedanke, dass auf denselben Schiffen die neuen Schwarzen in den Laderäumen eingingen wie Fliegen, während auf der Brücke die Assistenten der Doktoren Lombroso, Sergi und Niceforo miteinander diskutierten, allesamt eingeladen, Vorträge in Amerika zu halten, das sich für Geschichte und Wissenschaft begeisterte.
Die Tatsache, dass die damaligen Schiffe, die den Atlantik überquerten, sicherer waren als die, die heute durch die Meeresenge von Sizilien kreuzen.
Die Überlegung, dass Lombroso, hätte er nur fünfzehn Jahre länger gelebt, es noch geschafft hätte, als Jude von den Ariern deportiert zu werden, um sein Ende in Auschwitz zu finden. Die Leichtigkeit, mit der die Italiener sich nach und nach Trojaner, Griechen und dann Römer nannten, Heiden, Christen, Mediterrane, dann *Venga Franza, Venga Spagna**, dann Kaiserliche und schließlich wieder, seit kurzem, Kelten und Mafiosi ...
All das lässt die tragische Geschichte unserer fünf unglückseligen Cefalutani fast beliebig und unbedeutend erscheinen.

* So viel wie: »Ob die Franzosen, ob die Spanier über uns herrschen, Hauptsache, wir haben was zu essen.« [Anm. d. Ü.]

7 Die Geburt einer »Rasse«

Als sie in Amerika eintrafen, sechs Jahre bevor sie gehängt wurden, hießen Joe, Frank und Sy noch Peppino, Ciccio und Saro.

Sie hatten den Ozean überquert und auch den Sohn ihres Schwagers Giuseppe Defina mitgebracht, den fünfzehnjährigen Matteo. Nicht, dass sie selbst so sehr viel älter gewesen wären, aber sie fühlten sich als Männer. Peppino und Ciccio waren beide verheiratet; Peppino hatte einen dreijährigen Sohn, Nicolò.

Auf einem Dampfschiff liefen sie am Morgen des 7. November 1892 nach zwanzig Tagen inmitten hoher, grauer Wellen in den Hafen von New Orleans ein. Bis auf das letzte Stück durch den Golf von Mexiko hatten sie dieselbe Route genommen wie Christoph Kolumbus. Auf dem Schiff – eines der vielen, auf denen Sizilien Italien verließ – befanden sich an die tausend Menschen; neben den Tagelöhnern waren das Militärangehörige, Beamte, Händler, Schreiber, Gauner. Die meisten von ihnen hatten nichts weiter bei sich als die Kleider, die sie auf dem Leib trugen, ein einziges Paar Schuhe, eine große, zum Bündel geschnürte Decke und einen Koffer. Kein Wunder, dass sie bei ihrer Ankunft schlecht rochen: An ihnen klebte dieselbe Kleidung, in der sie aufgebrochen

waren, getränkt von Schweiß, der kalten Feuchtigkeit des Atlantiks und Erbrochenem.
Jetzt lag der Dampfer im Hafen, der Kapitän hatte sich aufgemacht, um die Papiere zu überstellen, die Polizei war an Bord gekommen. Die Passagiere warteten darauf, das Schiff verlassen zu können, und auf dem Kai wiederum warteten jede Menge Leute auf sie. Stundenlang blickten sie sich gegenseitig an, und unsere Cefalutani verstanden nichts. Die unten schrien, sie schienen sie zu beleidigen. Eines war klar: Das hier war kein freundlicher Empfang.
Am Nachmittag ging ein heftiger Platzregen nieder, und unten auf dem Kai stoben alle davon, um sich unterzustellen. Schließlich waren die Papiere begutachtet, und sie durften einer nach dem anderen von Bord gehen. Giuseppe Defina nahm die Defatta-Brüder in Empfang, umarmte seinen Sohn Matteo und brachte sie in ihre Unterkunft nach *Piccola Palermo*, ins »kleine Palermo«. Dort hielten sich bereits die Schwiegermutter von Peppino, Verwandte, Vettern und Freunde auf, die keiner von ihnen kannte. Peppino, Ciccio und Saro vermaßen den Ort, an den es sie verschlagen hatte, mit Augen, die bereit waren, alles zu schauen, denn alles war so sonderbar. Sie lernten sofort, dass eines der Dinge, die man ihnen am Hafen entgegengeschrien hatte, nichts anderes gewesen war als »*Dagos!* Geht dorthin zurück, von wo ihr herkommt!« Das andere war seltsam, es klang wie *Uchilladacif* und bedeutete dasselbe wie »Mörder«. Wie oft würden sie das noch zu hören bekommen! So oft, dass sie bald darüber hinweghörten.

Man weiß bis heute nicht, woher der Ausdruck *Dago* kommt. Einige sagen, von der englischen Marine, so hätte man dort die spanischen oder italienischen Matrosen genannt, vielleicht in Anspielung auf den Namen Diego. Andere meinen,

von *dagger*, Dolch oder Stilett. Eine weitere Erklärung, die mir am sinnvollsten erscheint, lautet, es handele sich um die Übersetzung von *as the day goes*. Eine Bezeichnung für jemanden, der als Tagelöhner angeheuert wurde. Anfangs war sie nicht einmal allzu abfällig, doch mit der Zeit geriet sie zur Beleidigung.
(Der *Dago* war praktisch der *Vucumprà** des vergangenen Jahrhunderts.)

Dago und Sizilianer waren in New Orleans austauschbare Begriffe. Der *Dago* hatte dunkle Haut, schwarze Augen, krauses, schwarzes Haar, breite Lippen. Er war neidisch, bösartig und vor allem rachsüchtig. Er sprach ein erbärmliches Englisch, alle Wörter endeten bei ihm auf »a«, weswegen er nichts als Spott erntete. Der *dagger*, das Stilett also, das der *Dago* im Stiefelschaft bei sich trug, war lang und spitz wie eine Nadel. Tief ins Fleisch gestoßen, rasch einige Male in Lunge oder Leber gedreht und ebenso rasch wieder herausgezogen, hinterließ es – wenn überhaupt – nur ein kleines Loch. Und für den Tod des hustenden, blutspuckenden Opfers gab es keine erkennbare Erklärung.

Peppino Defatta war von den dreien der mit dem hellsten Kopf. Er besaß eine ganz eigene Philosophie, die Dinge mit Abstand zu betrachten und über alles Neue und Schöne zu staunen. Dieses *Novorlenza* mit seinem Hafen, seinen Wohnhäusern, seinen Armen, seinen Aufsehern, seinen schlammbedeckten Straßen erinnerte ihn ein wenig an Palermo. Wäre er von Cefalù nach Palermo gegangen, wäre aus ihm einer der zahllosen *regnicoli*, ein Untertan der italienischen Krone,

* Vucumprà – Vuoi comprare? Willst du kaufen?, ein Neologismus, der seit Mitte der 1980er Jahre in Italien als abfällige Bezeichnung für Straßenverkäufer afrikanischer Herkunft verbreitet ist. [Anm. d. Übers.]

ein Verzweifelter inmitten anderer Proleten geworden, die es in die Stadt gespült hatte. Stattdessen hatte er den Ozean überquert und sich in einen *Dago* verwandelt! Es war beinahe zum Lachen, wenn man sah, wie viele Sizilianer es auf der Welt gab! New Orleans war nichts anderes als das über den Atlantik exportierte Palermo.

Peppino hatte Recht. Dreißig Jahre nach Ende des amerikanischen Bürgerkriegs und dreißig Jahre nach der Entstehung des italienischen Königreichs hatten sie dieses Meisterstück vollbracht: In New Orleans kamen auf kaum mehr als zweihunderttausend Einwohner fast zwanzigtausend *Dagos*. Das war ein Gewicht in der Waagschale!

Die Stadt war der größte Hafen des Südens, gelegen an der riesigen Mündung des Mississippi, umgeben von Seen und Sümpfen. Alles dort war so sehr in Bewegung, dass du selbst als *Dago* jemand warst. Diese Stadt konnte einem den Kopf verdrehen: Sie war französisch, spanisch, kreolisch, kubanisch, sizilianisch, irisch, schwarz, deutsch, jüdisch, chinesisch. All das war für die jungen Leute aus Cefalù eher rätselhaft.

(»Los, Peppino: Machen wir die Kammprobe, lass mal sehen, wie viel von einem Schwarzen in dir steckt!« Die Probe bestand darin zu sehen, ob der Kamm anstandslos durch das Haar glitt oder ob er stecken blieb, weil es zu kraus war. In dem Fall gaben sie dir eine Pomade, um es zu glätten, und eine Creme, um den Teint zu bleichen.)

Am Kai und an den Flussufern lagen mindestens tausend hölzerne Segelboote mit flachem Boden, mit denen man stromaufwärts zum Austernfischen fuhr. Die Sizilianer waren darin die besten. Den ganzen Fang lieferten sie zu Hause ab, und bereits die dreijährigen Knirpse lernten, die Austern mit dem Messer aus der Schale zu schneiden. Es kamen Berge von Schalen zusammen; die wurden dann zerhackt und ver-

kauft, und es wurden Bodenbeläge für die Höfe der Häuser daraus gemacht. *Little Palermo* bestand aus vier Blocks am Ende des alten französischen Viertels, direkt am Fluss, inmitten von Schlamm. Eine unüberschaubare und nicht einmal registrierte Zahl von Sizilianern lebte dort, dicht zusammengedrängt in zweistöckigen Elendsquartieren aus Holz, deren oberer Stock auf dünnen Säulen ruhte. Es gab weder eine Schule noch ein Krankenhaus, nicht einmal eine Kirche. Das Leben spielte sich im Freien ab, Friseur, Schneider, Schuster, Losverkäufer. Die Männer schnitten tage-, wochen- oder monatsweise Zuckerrohr auf den Plantagen, setzten Dämme am Fluss instand, zogen mit ihren Karren umher, um Obst zu verkaufen, oder gingen fischen.
New Orleans war eine maßlose Stadt, unkontrollierbar und immer schon Heimstätte von politischer Korruption und Machtkämpfen. Sie wurde in regelmäßigen Abständen von Epidemien des tödlichen Gelbfiebers heimgesucht – bei einigen hieß es *Yellow Fever*, *Yellow Jack* oder *Bronze John*. Man wusste nicht, woher es kam, begriff jedoch, dass es etwas mit den Insekten, dem Schweiß, der Hitze, der Promiskuität und der Armut zu tun haben musste. Es konnte jedem widerfahren, dass er am Morgen noch gesund war, sich am Nachmittag verfärbte und unter fürchterlichen Fieberschauern Blut spuckte. Und nach wenigen Tagen war er dann tot. Im Sommer passierte das öfter, deshalb verließen die Reichen im Juni die Stadt und kehrten erst Mitte September zurück. Die Armen starben zuhauf, und ihre Leichen wurden auf Karren fortgeschafft. Man wusste nicht, ob das Fieber ansteckend war, nur, dass es ohne Vorwarnung zuschlug.
Eine Stadt, in der Leben und Tod so nah beieinander lagen, so unvorhersehbar waren, konnte nicht anders, als sich in einem hitzköpfigen, ebenfalls fiebrigen und fatalistischen

Charakter ihrer Bewohner niederzuschlagen. Die häufigen Überschwemmungen des großen Flusses machten auch vor den Friedhöfen nicht halt, deckten die Gräber ab und ließen die Leichen durch die überfluteten Straßen treiben. Leben und Tod hatten wirklich etwas von einem Würfel- oder Kartenspiel, von einer Lotterie. Über Haiti hieß es, dass die Sklaven dort selbst als Tote noch arbeiteten, wie fleischgewordene Gespenster, und dass sie vom Meer aus in die Stadt gelangten. Es hieß, dass sich anhand der Innereien der Hähne die Zukunft vorhersagen ließ, dass der Papst in Rom die Iren unterstützte, die Italiener aber nicht, dass der Teufel die Lotterie eingeführt hatte, dass die weiße Rasse über all die anderen, minderwertigen herrschen sollte.

Einstweilen war es die Lotterie, die das Leben der Stadt beherrschte. Es handelte sich um deren größte Industrie, doch nur die Krumen der Einnahmen, die sich auf Millionen beliefen, gingen an die Verwaltung, damit sie Schulen bauen konnte. Man spielte jeden Tag, jede Woche, bei jeder besonderen Gelegenheit. Die Zeitungen veröffentlichten seitenlang Gewinnzahlen, die Kinder verkauften die Lose auf der Straße, die Frauen brachten sie zum Pfarrer, um sie segnen zu lassen. Dann versammelte sich die Menge vor einem großen Gebäude, und nur wem das Glück hold war, gelang es, hineinzukommen. Drinnen gab es ein Theater, und zwei bärtige Herren in der Uniform der Konföderierten, zwei pensionierte Generäle, verlasen die Gewinnzahlen. Sie zogen sie aus einem Zylinderhut, der ihnen von zwei schwarzen, als Lakaien gekleideten Jungen überreicht wurde. Dazu spielte ein Orchester. Die Zahlen sprangen wie Gummibälle durch den Saal, durch die Straßen, sie wurden in der ganzen Stadt ausgerufen. Noch während der allerletzten Minuten, die vor der offiziellen Ansage der beiden Generäle blieben, wechselten die Lose die Hände.

Als unsere Cefalutani eintrafen, war jenes »große Palermo«, das sie *Novorlenza* nannten, New Orleans, ein Hafen, der ein ganzes Land ernährte, wo man sich gegenseitig wegen einer Ladung Weizen oder Baumwolle kaltmachte, und wo das Fieber der Malaria mit dem der Louisiana State Lottery, der Bordelle und der Musik verschmolz.

Die Stadt war zum einen Teil zwischen den Biegungen des Flusses, zum anderen gegenüber dem Hafen erbaut worden. Eine breite Straße hieß Canal Street, ein französisches Viertel erinnerte dank der Architektur seiner Plätze und öffentlichen Gebäude daran, dass diese Stadt, ebenso wie das immense Gebiet von Louisiana, zunächst im Besitz der französischen Krone und später Napoleons gewesen war, der es 1803 an den neuen amerikanischen Staat verkauft hatte. Es gab die Docks, die Speicher aus rotem Backstein, dort wurde Baumwolle, Weizen, Reis und Mais gelagert, die Zuckerraffinerien und zwei große Eisfabriken. Alle Ethnien hatten ihre eigenen Viertel. Ein Platz namens Congo Square, auf dem noch vor dreißig Jahren die öffentlichen Sklavenversteigerungen stattgefunden hatten, wurde nun jede Nacht zum Schauplatz eines infernalischen Tanzvergnügens, wobei alle nur denkbaren Instrumente zum Einsatz kamen. Hier umklammerten sich Männer und Frauen jeglicher Herkunft und Hautfarbe, schmiegten sich aneinander und schwenkten den Hintern, betranken sich und wurden zu Tieren. Diese Musik, dieser Tanz waren Ausdruck von Schmerz und Lust, irgendeiner begann, und alle anderen folgten, ohne sich dessen bewusst zu sein, da war etwas, das aus der Erde aufstieg, verschüttete Gefühle, die hervorbrachen.
»Tiere«, sagten Saro und Ciccio, vor allem Saro. Trotzdem nahmen sie immer den Weg über den Congo Square. Saro kletterte eines Nachts sogar auf die Bühne und spielte Trompete,

genauso, wie er es in der Kapelle von Cefalù gelernt hatte. Und dann sang er noch eine Romanze aus Verdis *Traviata*.
Schließlich gab es noch die Schifffahrtsgesellschaften, die Broker, die Hafenpolizei, die Bordelle – eine ganze Straße mit nackten Frauen vor jeder Tür –, Schiffe, Lastkähne und Hafenarbeiter. Ein wahres Schauspiel war der Markt, auch weitaus größer als der in Palermo. Er zog sich unter einem Dach, das von zahlreichen dünnen Säulen getragen wurde, einen ganzen Kilometer weit hin und verströmte Gerüche, die fast zur Ohnmacht führten, so stark waren sie. Der Gestank von getrocknetem Fleisch, verfaulten Früchten, verdorbenem Fisch vermischt mit den köstlichsten Düften von Gewürzen, die in großen Jutesäcken verkauft wurden.
Peppino, Saro und Ciccio begriffen sofort, dass die Schnelligkeit, mit der ein Schiff voller sizilianischer Zitronen oder Bananen aus Honduras entladen wurde, darüber entschied, ob die Investition verdarb oder nicht; sie begriffen auch, dass man für die Erlaubnis, die Ladung zu löschen, nicht umhin kam, die Polizei zu schmieren. Weiter begriffen sie, dass die Dockarbeiter ein maßgeblicher Faktor waren, und da lagen die Sizilianer weit vorn, denn ihnen war es sogar gelungen, die Iren zu verdrängen. Sizilianer und Schwarze hatten im Hafen eine Art Genossenschaft gegründet und setzten gemeinsam den Preis für jedes einzelne Schiff fest, das anlegte. Solange die Verhandlungen liefen, bewegte sich keiner von der Stelle. Schrie dann der Anführer »Deal!«, sprangen sie wie Katzen auf die Schiffe und kamen mit Körben voller Bananen und Säcken mit Weizen wieder zum Vorschein. Die Sizilianer besaßen auch ein gutes Händchen für Früchte, nicht nur für die aus Sizilien, sondern ebenso für jene, die man aus Mittelamerika importierte. Sie erfuhren von den Familien Provenzano und Matranga-Locascio, Palermitanern, die auf den Kais ihre Kartelle gegründet hat-

ten. Von der Familie Vaccaro, die es geschafft hatte, zwei Schiffe zu kaufen und als erste Bananen aus Honduras einzuführen. Eine Gruppe von Häusern an der honduranischen Küste hatten sie sogar nach ihrem Heimatort benannt: Cefalù.

Vor allem aber hörten sie von der Familie Macheca, seit Ewigkeiten in New Orleans ansässig. Ihr Stammvater war aus Malta gekommen, zu der Zeit, als die Engländer dort Napoleon besiegt hatten. Das Familienwappen – die Malteser schlagen es an ihre Schiffe – zeigte ein Gemisch aus aramäischen und phönizischen Zeichen, was bedeutete, dass seine Nachfahren schon immer im Mittelmeer kreuzten. Der alte Macheca hatte eine sizilianisch-albanische Frau geheiratet, aus dieser Verbindung war der sizilianische Clan von New Orleans hervorgegangen und schließlich ein Wirtschaftsimperium, das auf Schiffen, Docks und Handel basierte. Joseph Macheca, der Neffe des großen Alten, war jetzt einer der wichtigen Bosse der Stadt, Besitzer einer herrlichen Villa mit eigener Kapelle, einer Segeljacht und einer Fischfangflotte. In seinen Diensten warteten morgens zweitausend Menschen auf das Entladen der Früchte und verteilten sich dann mit ihren Verkaufskarren an den Straßenecken von New Orleans. Darüber hinaus war Macheca ein Boss in der Politik, und wie alle anderen verfügte auch er über eine eigene bewaffnete Organisation. Die seines Vaters hatte »Die Unschuldigen« geheißen, sie trugen ein besticktes weißes Hemd, und man sah, wie sie in verschiedenen Stadtvierteln Jagd auf Schwarze machten. Machecas Leute, rekrutiert vor allem aus Emigranten aus Palermo und Monreale, nannten sich *stuppagghieri*. Sie sorgten für Ordnung im heruntergekommensten und berüchtigtsten Teil der Stadt, den vier Blöcken von *Little Palermo*, dort, wo Krankheiten und Epidemien kursierten, ganz unten am Ende vom Vieux Carré. *Little Palermo* war arm und gottverlassen. Doch zu jener Zeit war es womöglich reicher als das sizilianische Palermo. Unglaublich, wie sich Palermo auf der anderen Seite der Welt dupliziert hatte, und in welchem Tempo! Seit die piemontesischen Truppen durch die Quattro Canti von Palermo marschiert waren und Sizilien ihr Gesetz aufgezwungen hatten, teilte sich die Insel in Untertanen der Krone und Davongelaufene. Oder anders: Um allen zu essen zu geben, hatte Palermo sich am Ende selbst verschlungen und seine Einwohner dann in Amerika erbrochen.

Es versprach viel, das Palermo in Amerika, bestimmt mehr als die Mutterstadt. Doch seit einem Jahr »liefen die Dinge anders«. Wie oft hatten Peppino, Saro und Ciccio das nun schon gehört. Und wie oft war ihnen die Geschichte bereits erzählt worden. Sie hatten nichts damit zu tun, sie hielten sich ja noch in Cefalù auf, als diese Geschichte passierte, und dass sie einst von ihr verfolgt würden, das konnten sie wahrlich nicht wissen.

Aber die Geschichte, schön und schrecklich anzuhören wie die Geschichten der Bänkelsänger in den Dörfern, war nun einmal die; in ihr gab es etwas, das sie faszinierte, als wollte es sie zu fassen bekommen.

Der »Vorfall« an sich war unerhört: Der Polizeichef von New Orleans war auf offener Straße ermordet worden. Das hatte es bisher in keiner anderen amerikanischen Großstadt gegeben.

David Hennessy, ein Ire, dreiunddreißig Jahre alt, war erst seit kurzem zum Chef der städtischen Polizei ernannt worden – eine sehr mächtige Position, die zwischen den verschiedenen Strömungen der Demokratischen Partei auf Kommunalebene ausgehandelt wurde. Hennessy war ein beliebter Ermittlungsbeamter, er hatte Raubüberfälle vereitelt und einen berüchtigten sizilianischen Banditen, einen gewissen Esposito, vor Gericht gebracht. Esposito hatte in Lercara Friddi einen englischen Industriellen und Eigentümer einer Schwefelmine entführt und ihm die Ohren abgeschnitten und hatte sich dann nach Amerika abgesetzt. Keine Tipps, pure Intuition: In einer Bar war Hennessy ein merkwürdiger Typ aufgefallen, und anhand einer alten Zeichnung aus der Hand des Entführten hatte er Esposito wiedererkannt. Seine Verhaftung brachte Hennessy etliche Pluspunkte ein. Aber es gab einen Konkurrenten um den Posten als Polizeichef: den jungen und ebenfalls berühmten Ermittler Thomas Deveraux. Man mag es kaum glauben, doch Deveraux wurde in einem öffentlichen Lokal von Hennessys Cousin nach einem banalen Streit erschossen – im Beisein des zukünftigen Polizeichefs. Das Prozessurteil sprach von Notwehr: Deveraux hatte seine Pistole zuerst gezogen.

Nach seiner Berufung zum Polizeichef kontrollierte Hennessy den Hafen, die Welt des Lasters, die Einwanderung, die Lizenzen. Korrupt, wie die Stadt in ihrem Innersten war, ist es kaum denkbar, dass Hennessy da eine Ausnahme machte. Er kassierte Schmiergelder, setzte die Polizei zur Unterstützung dieser oder jener Gruppe ein, ließ sich für seinen Schutz bezahlen; es hieß, er wäre Teilhaber eines der bekanntesten Bordelle der Stadt, hatte seine Finger im Lotteriegeschäft … Eine große politische Karriere stand ihm bevor.

Am Abend des 15. Oktober 1890 bereitete sich Hennessy darauf vor, am nächsten Tag vor Gericht zu einer Fehde zwischen den Provenzanos und den Matrangas auszusagen, bei der es um die Kontrolle des Hafens ging. Jeder in *Little Palermo* wusste von dieser Geschichte: wie Tony Provenzano einen Wagen mit Dockarbeitern auf dem Rückweg von der Arbeit angegriffen und durch Pistolenschüsse keinen anderen als den Sohn von Charles Matranga verletzt hatte, der infolgedessen ein Bein verlor. Hennessy war am Ort des Geschehens aufgetaucht und musste nun im Prozess aussagen. Es war allerdings stadtbekannt, dass er auf der Gehaltsliste des Provenzano-Clans stand.

Am Abend vor dem Prozess war *The Chief* mit Freunden ausgegangen. Er hatte den berühmten Dominic Virget's Saloon verlassen, nachdem er dort zwölf Austern gegessen und ein Glas Milch getrunken hatte (Hennessy war abstinent). Begleitet wurde er von seinem Freund Bill O'Connor, ebenfalls Ire und Hauptmann einer privaten Polizeieinheit. Einer von vielen: New Orleans galt als Dreh- und Angelpunkt der bewaffneten Gruppen.
Die beiden verabschieden sich, vor Hennessy liegen zwei Häuserblocks bis zu seiner Wohnung. Es ist halb elf und stockdunkel an diesem Abend des 16. Oktober 1890. Die Straße steht nach einem heftigen Gewitter unter Wasser, in der Gegend gibt es nur flache Holzhäuser, in denen Schwarze und Sizilianer wohnen. Plötzlich eine Salve von Gewehrschüssen, Schatten, die sich verflüchtigen, Hennessy, der zusammenbricht. Er kommt wieder auf die Beine, feuert aus seiner Pistole, stürzt erneut zu Boden. Er hat mehrere Bauchschüsse erlitten, erreicht aber bei Bewusstsein das Krankenhaus. Die Ärzte verabreichen ihm Morphium. Er sagt: »Sie haben auf mich geschossen, aber ich bin ihnen die Antwort nicht schuldig geblieben. Ich habe mein Bestes gegeben.«
Sein Freund Bill O'Connor, der ihn bis zu der Straße begleitet hatte und ihn dann allein weiter nach Hause gehen ließ (»es sind ja nur zwei Blocks«), trifft als erster am Krankenbett ein. Später in der Nacht wird er den Reportern, die sich vor dem Krankenhaus versammeln, folgendes mitteilen:

»Ich habe mich zu ihm gebeugt und ihn gefragt:
›Wer hat auf dich geschossen, Dave?‹
Er antwortete: ›Leg dein Ohr an meinen Mund.‹
Als ich mich erneut zu ihm hinabbeugte, flüsterte er das Wort: ›*Dagos*‹.«

Keiner außer O'Connor hat jenes Flüstern vernommen.

Nicht nur, dass niemand sonst das geflüsterte Wort gehört hatte, Hennessy erwähnte es auch nicht gegenüber einer der vielen Personen, darunter auch ein Richter, die ihn in jener Nacht aufsuchten und bei klarem Verstand vorfanden. Es ging ihm gut. Mehrmals fragten sie ihn, ob er irgendeine Erklärung abgeben wollte, aber *The Chief* antwortete, dazu wäre immer noch Zeit, es wäre keine Eile geboten. Dann traf seine Mutter ein, und die beiden sprachen lange und unter vier Augen über finanzielle Angelegenheiten. Plötzlich, gegen Morgen, verschlechterte sich Hennessys Zustand, er fiel ins Koma, und innerhalb einer halben Stunde war er tot. Bill O'Connor verschwand aus dem Rampenlicht. Er machte keine weitere Aussage mehr und wurde nicht einmal während des Strafprozesses gehört. Obwohl etliche Stimmen aus dem Volk ihn als denjenigen bezeichneten, der das Lamm zur Schlachtbank geführt hatte.
Jenes gewisperte *Da-go-os* führte allerdings noch in derselben Nacht zu fünfzig Verhaftungen, gefolgt von einer Razzia, bei der zweihundertfünfzig Sizilianer aus New Orleans festgenommen wurden. Das war die Gelegenheit, auf die der Bürgermeister gewartet hatte. Joseph Macheca und Charles Matranga, die bekanntesten der Sizilianer vor Ort, wurden des Komplotts beschuldigt und verhaftet, obwohl sie an besagtem Abend im Theater waren. Zwölfjährige Kinder kamen ins Gefängnis. Ein »Komitee der 50« – dessen Mitglieder ge-

heim bleiben mussten, als wäre man wieder im Mittelalter – wurde gebildet, um die Gefahr zu untersuchen, die von der »sizilianischen Mafia« ausging (der Name kam hier in Amerika auf, noch eher als in Italien), und binnen kurzem fiel die sizilianische Gemeinde einem erschreckenden Trugschluss zum Opfer. Der Bürgermeister ordnete an, jeden verdächtigen Italiener anzuhalten oder festzunehmen, und erließ eine Verfügung, nach der er alle Sizilianer, die nicht mit der Polizei zusammenarbeiteten, als des Mordes für schuldig betrachtete. Die Fischerboote, die flussaufwärts fuhren, wurden gestoppt und durchsucht, *Little Palermo* durchkämmt.
Obendrein behauptete der Bürgermeister, von der italienischen Regierung eine Liste mit den Namen von tausend Kriminellen erhalten zu haben, die in Louisiana Zuflucht gefunden hatten.

Zwar kannten sie den Ausgang der Geschichte, aber dennoch ließen unsere drei Cefalutani sie sich jeden Abend von neuem erzählen.

Nach zahlreichen Ermittlungen und Hypothesen kam der Staatsanwalt zu dem Schluss, dass die Mafia ein Komplott zur Ermordung Hennessys angezettelt hatte, mit Macheca und Matranga als den führenden Köpfen. Es kam zu einem Prozess mit neunzehn Angeklagten, in dessen Verlauf sich herausstellte, dass man nichts in der Hand hatte bis auf die Beschuldigungen eines gewissen Emanuele Polizzi, ein geistig Verwirrter, der während des Prozesses sogar versucht hatte, sich aus dem Fenster zu stürzen. Keiner hätte das erwartet, aber nicht einmal die Volksjury sah sich in der Lage, die Italiener zu verurteilen. Sie sprach alle frei! Sie waren frei! *Not guilty, cumpà*: Hast du verstanden?
Doch passt gut auf, die Polizei entließ sie nicht aus dem Ge-

fängnis, sondern sagte, sie müsste nochmals ihre Papiere überprüfen, ob gegen sie nicht gar weitere Anklagen vorlägen. Und so geschah es ihnen wie den Trojanern, die glaubten, den Krieg gewonnen zu haben, jedoch das Pferd übersehen hatten. Die Sizilianer feierten in *Little Palermo*, sie schossen Feuerwerk in die Luft und zogen mit den Flaggen des italienischen Königs durch die Straßen. Sie sagten, es handelte sich um den Geburtstag des Königs, in Wirklichkeit war es aber nicht das richtige Datum. Sie feierten wegen des Gerichtsurteils. Die Armen ahnten nicht, was ihnen noch bevorstand.

Am nächsten Morgen fanden die Bürger von New Orleans auf der Titelseite der Zeitung eine deutliche Aufforderung:

> Massenversammlung
> Alle anständigen Bürger werden zur Teilnahme an einer
> Massenversammlung am Samstag, dem 14. März 1891,
> um 10 Uhr morgens an der Clay Statue gebeten,
> um Schritte zur Behebung des Justizirrtums im Fall
> Hennessy einzuleiten.
> Seid allzeit zum Handeln bereit.

Es folgten einundsechzig Namen der bekanntesten Politiker und Industriellen der Stadt, darunter sprang der Name der rechten Hand des Bürgermeisters besonders ins Auge.

Mr. Wickliffe, Besitzer mehrerer Tageszeitungen, führte die Kampagne gegen die Sizilianer an und wandte sich an die Volksmenge: »Wir sind hier, um das nichtswürdige Urteil einer von der Mafia korrumpierten Jury richtigzustellen. Mr. Parkinson, der Assistent des Bürgermeisters, wird unsere Aktion leiten. Ihm zur Seite stehen erstens Mr. Houston und zweitens ich selbst.«

Die Menge wuchs von Minute zu Minute an, bis sie zwanzigtausend Menschen umfasste. Dann setzte sich der Zug in Richtung Gefängnis in Bewegung, begleitet von Chören kleiner Bengel, die den Ton der *Dagos* nachäfften und skandierten: »You killa da Chief! You killa da Chief!«

(Habt ihr nun begriffen, was sie euch bei eurer Ankunft am Hafen entgegenriefen? *Uchilladacif* heißt ›Mörder‹, ›Ihr habt den Polizeichef ermordet‹. Das rufen sie immer. Ihr dürft nicht darauf antworten, niemals! Haltet den Kopf gesenkt und beschleunigt eure Schritte.)

Am Kopf des Zuges tauchten plötzlich hundert mit Winchester-Repetiergewehren bewaffnete Männer auf, und damit war klar, wie die Sache enden würde. Das Gefängnistor wurde aus den Angeln gerissen, und es begann die Jagd auf die Italiener, Zelle für Zelle. Sie stießen auf elf Männer und brachten sie alle um. Sie schafften die Leichen nach draußen und präsentierten sie der Menge. Einige hängten sie an Straßenlaternen, und da hingen sie einen ganzen Tag lang. Unterdessen überfielen Einsatztruppen die Sizilianer in *Little Palermo*, brachen in ihre Geschäfte ein und steckten sie in Brand. Die Sizilianer hatten nicht die geringste Chance, sie waren völlig wehrlos. Das Klima des Terrors zwang viele, sich wochenlang in ihren Kellern zu verstecken.
Diese Erzählungen wurden durch jede Menge Details belebt, jede Menge Verdächtigungen. Warum schritten die Anwälte nicht ein, um ihre Klienten aus dem Gefängnis zu holen? Stimmte es, dass die italienische Regierung besagte Liste mit den Namen der tausend Kriminellen übermittelt hatte? Wie gelang es Charlie Matranga, dem Prominentesten von allen, seine Haut zu retten? Und warum hingegen wurde Macheca, der doch so reich war, ermordet? Matranga gab an, er hätte sich unter einer Matratze im Frauentrakt des Gefängnisses versteckt. Sonderbar, dass ausgerechnet sein Fehlen nieman-

dem aufgefallen war, als sie die Leichen im Hof aneinandergereiht hatten. Retten konnte sich übrigens auch Bastian Incardona, ein Palermitaner, der als Matrangas rechte Hand galt.

Auch heute, mehr als einhundertfünfundzwanzig Jahre später, steht noch immer nicht fest, wer den Polizeichef von New Orleans ermordet hat. Es kam weder zu weiteren Ermittlungen noch zu einem neuen Prozess. Aus heutiger Sicht zeigt sich die Operation als etwas ganz anderes als ein »Ausbruch des Volkszorns« wegen des Tods eines Helden in Uniform. In Wirklichkeit handelte es sich hierbei um den ersten Fall auf amerikanischem Boden, in dem die Volksmasse zu politisch-wirtschaftlichen Zwecken manipuliert wurde. Es war die Fortsetzung der Pogrome, wie sie in Russland stattfanden, und ein Vorgeschmack auf das, was sich 1938 in Deutschland ereignen sollte, als die Nachricht von der Ermordung eines deutschen Diplomaten in Paris durch einen siebzehnjährigen Juden laut wurde.* Es war eine Vernichtungsaktion (der Bürgermeister sagte: »Ich werde euch vom Angesicht dieser Erde hinwegfegen«) gegen eine Gemeinschaft, die im sozialen Aufstieg begriffen war, bei dem ihr ihre »Rasse« im Wege stand. Mr. Parkerson, der die Gemetzel angeführt hatte, wird später ein mächtiger Politiker in Louisiana. Die *Dagos* hingegen wurden zu einem »offiziellen Feind« und ausnahmslos als Mitglieder der *mafia society* etikettiert. Per Erlass wurde ihnen die Genehmigung entzogen, im Hafen zu arbeiten, ihre Gewerkschaftsorganisation der Dockarbeiter aufgelöst. Der italienische Konsul, Pasquale Corte, der am Tag des Massakers mit allen Mitteln versucht hatte, mit den Behörden,

* Herschel Feibel Grynszpan, ein 1921 in der Weimarer Republik geborener polnischer Staatsbürger jüdischen Glaubens, verübte am 7. November 1938 in Paris ein Attentat auf den deutschen Diplomaten Ernst vom Rath. Das diente dem nationalsozialistischen Regime als Vorwand für lange schon beabsichtigte Pogrome gegen die jüdische Bevölkerung in Deutschland. [Anm. d. Übers.]

der Polizei, dem Bürgermeister zu sprechen, wurde zur Persona non grata erklärt und war gezwungen, die Stadt zu verlassen. Sämtliche Lokalpolitiker ließen verlautbaren, in New Orleans sei »das Richtige getan worden«. Teddy Roosevelt, zehn Jahre später Präsident der Vereinigten Staaten, bemerkte: »Höchste Zeit, dass dieser Rasse eine Lektion erteilt wurde.« Der italienische Botschafter in Washington, Baron Francesco Fava, wurde nach Rom beordert und ließ den Botschaftssitz für Monate vakant, während in New Orleans die unglaublichsten Nachrichten die Runde machten: die italienische Flotte befände sich auf dem Weg zum Golf von Mexiko; eine Mafiamiliz mache sich bereit, die Stadt mit zehntausend Männern anzugreifen. Hunderte von Freiwilligen eilten herbei, die Zeitungen brachten Nachrichten wie diese:

> Ein Trupp mutiger Bürger aus Georgia ist bereit, Rom zu stürmen, die Mafia zu vertreiben und das Sternenbanner auf dem Petersdom zu hissen.

Das italienische Königreich hatte in Wirklichkeit keinerlei kriegerische Absichten; vielmehr bestand die dringende Notwendigkeit, die Kanäle der Emigration am Leben zu erhalten. Nach sechs Monaten kehrte Fava nach Washington zurück und fand einen Weg, um gemeinsam die Angelegenheit zu regeln. Der amerikanische Kongress sollte die Familien der elf Ermordeten mit jeweils zweitausendfünfhundert Dollar entschädigen. Aber dass es sich bei den *Dagos* tatsächlich um eine »verfluchte Rasse« handelte, das nahm Italien de facto hin. Die sizilianische Gemeinde wurde nicht gegen die ungeheuerlichen Anschuldigungen verteidigt, mit denen man sie überhäufte, und unsere Gelehrten trugen im vollen Bewusstsein um die unmittelbaren Auswirkungen ihrer Worte zur moralischen Rechtfertigung der Lynchmorde bei.
Als Cesare Lombroso vier Jahre nach dem Massaker von

New Orleans vor einem amerikanischen Publikum sprach, um die angeborene Kriminalität der südländischen Bevölkerung zu erläutern, drückte er sich folgendermaßen aus:

> Genau wie die Wilden zeigen auch die Kriminellen eine große Schmerzunempfindlichkeit, was wiederum ihre Langlebigkeit, ihre Fähigkeit, schweren Verletzungen standzuhalten, ihre hohe Selbstmordrate erklärt. Wie die Wilden weisen auch sie sprunghafte und gewalttätige Leidenschaften auf, die Rache gilt ihnen als eine Pflicht, sie lieben das Glücksspiel, den Alkohol und die Faulheit.

Jeder warf seinen eigenen Stein auf die *Dagos*. Der eine wegen des Blutes, der andere wegen der Geschichte des Römischen Reiches, wieder einer wegen der Form des Schädels, der nächste wegen der *omertà*, der *vendetta*, der Mafia. Dies alles innerhalb eines kurzen Zeitraums. Eine neue »Rasse« war geboren.

Wie Peppino, Ciccio und Saro feststellen mussten, waren die goldenen Jahre für das sizilianische New Orleans Ende 1892 vorbei: *Novorlenza* konnte sich jetzt nur noch die Wunden lecken. Der *Dago* war für weiter nichts als für die Arbeit auf den Plantagen gut, *Little Palermo* versank im Elend.
Das bemerkte auch eine kleine italienische Missionsschwester, die eingetroffen war, »als die Leichen der Einwanderer noch an den Laternen hingen«. Jene Schwester war eine Heilige, sie hieß Franziska Xaviera Cabrini, geboren in Sant'Angelo Lodigiano bei Mailand, Begründerin des Ordens der Missionsschwestern vom Heiligsten Herzen Jesu. Empört schrieb sie an Papst Leo XIII., dass sie die gegen die Sizilianer verübte Schandtat ebenso gesehen hatte wie die absolute Armut von *Little Palermo*, den Hass, der den *Dagos* entge-

genschlug, die Ausbeutung, der die sie auch von Seiten ihrer Landsleute ausgesetzt waren, die nun selbst zur herrschenden Klasse gehörten. Sie bat ihn, etwas dagegen zu unternehmen. Der Papst antwortete lakonisch: »Sie sind Opfer skrupelloser Männer. Derentwegen leiden in Amerika viele unserer Landsleute.« Sie ging überall hin, wo sie gebraucht wurde, und hielt sich eine Zeitlang in New Orleans auf, wo sie ein Waisenhaus und eine Mädchenschule gründete (den Schulen widmete sie sich mit passionierter Hingabe; noch heute werden sie als Vorbilder, auch wegen ihrer Toleranz, in Ehren gehalten). Sie starb 1917 in Chicago und wurde 1946 als Schutzpatronin der Emigranten heiliggesprochen. Damit ist sie die einzige Heilige der katholischen Kirche Amerikas. Wer weiß, ob unsere Cefalutani ihr begegnet sind.

Vermutlich nicht. Bei ihnen handelte es sich um drei alleinstehende Männer, die nicht viel mit der Kirche zu tun hatten. Wozu Mutter Cabrini ihnen wohl geraten hätte?

Außer ihr schien sich in Italien niemand besonders für die Nöte der *Dagos* zu interessieren. Die Italiener wurden weiterhin auf Schiffe verfrachtet und verschickt. Tausend pro Schiffsladung. Nun standen arbeitslose Iren am Kai, die ihnen so aufgebracht entgegenschrien, dass etliche nach Florida zum Tabakrollen umgeleitet wurden, das war sicherer.

Daher hielt sich auch unsere kleine Gruppe aus Cefalù nur kurz in New Orleans auf, denn dort herrschte dicke Luft.

Defina hatte seinen Schwagern vorgeschlagen: Kommt doch in den Norden, wo ich mich niedergelassen habe. Dort gibt es Möglichkeiten, die Leute sind zwar derb, aber sie hassen uns nicht. Wir kaufen hier Obst und Gemüse von den Importeuren Romano, schaffen alles nach Vicksburg und bieten es auf Karren in den umliegenden Ortschaften feil. Sie hielten eine Versammlung ab, Peppino erhielt den Segen von Lenas Mutter, Signora Imbraguglio.

»Ihr lasst die Familien aber erst nachkommen, wenn ihr *settled* seid.«
Peppino zog die Anstecknadel mit dem Brillanten, die Lena ihm beim Abschied aus Cefalù gegeben hatte, aus ihrem Versteck in einer winzigen Tasche seiner Hose.
»Nehmt Ihr sie«, bat er seine Schwiegermutter, »das ist sicherer.«
Aber Signora Imbraguglio lehnte ab. »Lena weiß, dort, wo die Nadel ist, ist auch ihr Mann.«

8 Seltsame Früchte

Nichts als Elend und Verzweiflung, das war die *Luigiana*, das Louisiana, in dem unsere Cefalutani eintrafen. Unwirtlich mit seinen Stechmücken, Sümpfen, Alligatoren und den *overseers* zu Pferd auf den Feldern (unter ihnen konnte man auch Leuten aus dem eigenen Dorf begegnen) sowie den Wachen auf den Plantagen, die verhinderten, dass die Arbeiter davonliefen. Die *viddani*, die Landarbeiter, die dort schufteten, hatten keinen Ort für sich, wo sie nach der Arbeit zusammenkommen konnten. So blieb ihnen nichts anderes übrig, als sich schlafen zu legen, zu viel mehr hätte ihre Kraft auch nicht gereicht. Anderes gab es in der freien Zeit nicht zu tun, es sei denn, man machte sich an Feiertagen in stundenlangen Fußmärschen auf nach New Orleans. Allerdings war es zu jener Zeit besser, sich von der Stadt fernzuhalten. Denn was den Sizilianern in New Orleans angetan worden war, das hätte in Sizilien niemand zu tun gewagt. Körper an Laternen aufgehängt und tagelang zur Schau gestellt, Kinder ins Gefängnis gesteckt; Leute, die die *Dagos* auf der Straße beleidigten.

Es stimmte also, auch die Sizilianer durften gehängt werden, gelyncht zu werden war nicht den Schwarzen vorbehalten.

Es stimmte nicht, dass sie Untertanen Seiner Majestät, des Königs von Italien waren, der seine schützende Hand über seine Arbeiter im Ausland hält, und sie deswegen von allen Seiten Achtung erfahren würden. Ebenso stimmte es nicht, dass sie durch ein paar Jahre mühseliger Arbeit Geld zurücklegen, Land kaufen und die Familie nachholen konnten.

Über die beiden Jahre, die zwischen dem Eintreffen der Defattas, Defina und Fiduccia in New Orleans und ihrer Ankunft in Tallulah, fünfhundert Kilometer weiter nördlich, liegen, gibt es nur spärliche Informationen. Ein paar Fetzen Papier über verwandtschaftliche Belange, kaum mehr. Ich habe nichts gefunden – außer einigen Dokumenten über den Wechsel ihres Aufenthaltsorts, ihre Bekanntschaften und ihre familiären Bande. Mit Sicherheit schnitten sie Zuckerrohr auf den rund um New Orleans gelegenen Plantagen. Bis sie dann irgendwie die Kraft aufbrachten, davonzulaufen und es weiter im Norden zu versuchen. Vielleicht hatten sie einen Vertrag, um Deiche am Mississippi zu bauen, auch das eine extrem schwere Arbeit, die dreißig Jahre zuvor die weißen Herren den eigenen Sklaven nicht zumuten wollten, denn die starben dabei zuhauf. Aus diesem Grund riefen sie die Iren. An eine Rückkehr nach Sizilien brauchte man keinen Gedanken zu verschwenden: Den Menschen dort ging es noch schlechter als ihnen, man musste sich nur die Kais von New Orleans anschauen. Die Sizilianer stolperten von den Schiffen wie sich aneinanderdrängende Schafe.

Es schien, als habe man den Atlantik überquert, um in einer Falle zu enden.

Lynchmorde? Auf ihrem Weg nach Norden werden unsere Cefalutani Dutzende gesehen haben. Auch weil die Leute die Opfer genau dort aufhängten, wo der Weg vorbeiführte.

Heute sind sich die Historiker einig, dass zwischen 1887 und 1907 in den Südstaaten der USA (Alabama, Georgia, Mississippi, Louisiana, Florida, Texas) auf diese Weise zwischen vier- und fünftausend Personen getötet wurden. Zu neunzig Prozent handelte es sich um Schwarze, einstige Sklaven oder deren Kinder, die wegen Diebstahl, Mord, Vergewaltigung, aber auch wegen Beleidigung eines Weißen oder völlig ohne Grund, einfach aus Rache, gehängt wurden.

Das anhaltende Massaker setzte mit dem Abzug der Unionstruppen zwanzig Jahre nach dem Ende des Bürgerkriegs ein. Deren Präsenz hatte zumindest den äußeren Schein des Gesetzes gewahrt. Aber mit dem Aufbruch der Soldaten und letztlich mit dem Wegfall der Verwaltung durch die Nordstaaten gaben sich die Südstaaten neue Gesetze und verfielen auf neue Instrumente zu deren Umsetzung. Mit dem immer gleichen Ziel: Zu verhindern, dass die Schwarzen, die in diesen Staaten in der Überzahl waren, durch Wahlen politische Macht gewinnen oder sich organisieren könnten, um bessere Arbeitsbedingungen zu erstreiten. So wurde beschlossen, dass einer, um wahlberechtigt zu sein (genauer: um zu verhindern, dass ein Schwarzer Polizist, Sheriff, Anwalt, Bürgermeister, Gouverneur, Präsident würde), eine Steuer zahlen musste, und zwar einen Dollar pro Kopf. Aber wer hatte den? Darüber hinaus waren die Quittungen über zwei bereits geleistete Zahlungen dieser Steuer vorzulegen; man musste lesen und schreiben können; eine Prüfung über die amerikanische Verfassung ablegen; über Besitz verfügen; ein einwandfreies Führungszeugnis vorweisen; ein anderes Mitglied der Familie musste schon einmal gewählt haben. An den Wahltagen machten sich bewaffnete Schlägertrupps bereit, um jedem die Knochen zu brechen, der es trotz allem wagte, sich auf den Weg zum Wahllokal zu machen. Der Krieg war verloren, aber die Weißen im Süden hatten nicht die geringste Absicht, auf ihren »Lebensstil« zu verzichten.

Öffentliches Lynchen wurde zum unentbehrlichen Element eines Ritus, einer Liturgie. Der Schwarze, der ohne Prozess gehängt wurde, demonstrierte die Existenz eines anderen, mächtigeren Gesetzes, das in diesem Landstrich herrschte. Die Strafe für die Beleidigung einer weißen Frau gemahnte daran, sich niemals, und sei es auch nur hypothetisch, vorzustellen, dass die weiße und die schwarze Rasse sich vermischen und zusammenleben könnten. Dass die Schwarzen ausschließlich auf den Feldern zu arbeiten hatten und dass es sich bei ihnen um eine minderwertige Rasse handelte, musste ihnen Tag für Tag von neuem eingetrichtert werden. Lynchmorde wurden im Süden der Vereinigten Staaten zur wichtigsten und obendrein kostenlosen Unterhaltungsshow: Dort ließ man sich neben Leichen fotografieren und man durfte auf baumelnde tote Körper schießen; dorthin führten die Männer ihre Frauen und Kinder aus. An der Hand des Vaters lernten die Kinder, wie die Dinge in dieser Welt laufen. Suchte man diese Orte nicht auf, wurde man misstrauisch beäugt.

In zwanzig Jahren wurde kein einziger Lynchmord geahndet. Die Hälfte der Gelynchten blieb ohne Namen und ohne Begräbnis. Die Welt wusste es – die Welt weiß immer alles –, doch niemand schritt ein. Jene Welt war in weiter Ferne, war anders und von allem losgelöst.

Eindeutig wurde hier das Gesetz mit Füßen getreten, ebenso eindeutig waren die Lynchaktionen vorsätzliche Morde, aber all das trat angesichts der wirtschaftlichen Stärke des Südens, die ihm ein politisches Mitspracherecht verlieh, in den Hintergrund. Ohne die Stimmen der Weißen in den Südstaaten war keine Partei in der Lage, den Präsidenten zu

wählen. Wäre je ein Lynchmörder verhaftet worden, hätte er Heldenstatus genossen.
Es heißt, dass die Amerikaner erst durch Harriet Beecher-Stowes Buch *Onkel Toms Hütte* erfuhren, was Sklaverei bedeutete. So erzählt man, dass Lincoln ihr mit den Worten begegnete: »So, you are the little lady who started this big war«, »Sie sind also die kleine Dame, die diesen großen Krieg begonnen hat.«

Tatsächlich bekannt wurden die Lynchmorde erst 1939 (das Jahr, in dem Hitler Polen überfiel), und zwar durch ein Lied, das wie kaum ein anderes des zwanzigsten Jahrhunderts von Schmerz durchdrungen ist. Text und Melodie stammten von Abel Meeropol, Lehrer am jüdisch-russisch-kommunistischen Gymnasium von New York, die – fast überirdische – Stimme gehörte der Jazzsängerin Billie Holiday. Sie durfte zwar in den New Yorker Clubs auftreten, wäre jedoch aus jedem Theater der alten Konföderation verjagt worden, hätte sie auch nur einen Fuß dort hineinzusetzen gewagt. Das Lied erzählt von seltsamen Früchten, die an den Bäumen des Südens hängen:

> Southern trees bear a strange fruit,
> Blood on the leaves and blood at the root,
> Black body swinging in the Southern breeze,
> Strange fruit hanging from the poplar trees.
>
> Pastoral scene of the gallant South,
> The bulging eyes and the twisted mouth,
> Scent of magnolia sweet and fresh,
> And the sudden smell of burning flesh.

Here is a fruit for the crows to pluck,
For the rain to gather, for the wind to suck,
For the sun to rot, for a tree to drop,
Here is a strange and bitter crop.*

Wären sie nicht gelyncht worden, hätten unsere Sizilianer, einmal alt geworden, das Lied im Radio hören können. Wer weiß, welchen Eindruck es gerade auf sie gemacht hätte, die ihr amerikanisches Leben just mit dem Verkauf von Zitronen und Melonen, seltsamen Früchten, begonnen hatten. Ende des neunzehnten Jahrhunderts war die Zeit für solche Dinge jedoch noch nicht reif. Es gab dafür andere Geschichten, die man sich untereinander erzählte: Es hieß, dass Sizilianer und Schwarze sich verbündet hätten.

Eine davon ging so: Auf einer Plantage unweit von New Orleans wurde eine Gruppe von Sizilianern, die alle in einem Raum schliefen, mitten in der Nacht geweckt, um andere bei der Arbeit abzulösen. Acht von ihnen, und das waren die Jüngsten, mussten losgehen, um zu graben; man führte sie zu einer Lichtung im Wald, wo – das war nicht sogleich zu erkennen – die verkohlten Überreste eines Mannes lagen. Verbranntes Fleisch, Kleidungsfetzen, der Schädel, Knochen. Die Jungen mussten das umliegende Gelände säubern, die menschlichen Überreste einsammeln, sie, so gut sie konnten, in einer als Sarg dienenden Holzkiste zusammenfügen und diese dann zu der Baracke tragen, die als Taufkirche genutzt wurde. Als die Sizilianer die Arbeit beendet hatten,

*Südstaaten-Bäume tragen eine seltsame Frucht, / Blut auf den Blättern und Blut an der Wurzel, / Schwarzer Körper schwingt im Südstaaten-Wind, / Seltsame Frucht hängt von den Pappeln. // Ländliche Szene im ehrbaren Süden, / Vorquellende Augen und verzerrter Mund, / Magnolienduft, süß und frisch, / Und der plötzliche Gestank von verbranntem Fleisch. // Hier ist eine Frucht, damit die Krähen sie pflücken, / Der Regen sie durchnässt, der Wind sie aussaugt, / Die Sonne sie verdorrt, der Baum sie abschüttelt, / Hier ist eine seltsame und bittere Ernte.

stellten sie fest, dass es sich um die Überreste eines Siebzehnjährigen handelte, der unweit von ihnen gearbeitet hatte. Er war beschuldigt worden, eine weiße Frau belästigt zu haben. Als sie den Sarg in die Kirche trugen, erblickten sie die Eltern des Jungen. Die Schwarzen wunderten sich über die Weißen in ihrer Kirche, und die Sizilianer stellten sich mit den Worten vor: »Wir sind die, die euch euren Sohn zurückgebracht haben.« Die Eltern baten sie, zu bleiben und an der Messe teilzunehmen. So hörten sie die Predigt des Pastors und waren beeindruckt, dass alle ruhig blieben, niemand schrie oder sich der Verzweiflung überließ.

Das war die ganze Geschichte, sie musste aber die Runde gemacht haben, denn als Lorenzo Salardino aus Campofiorito und Salvatore Arena und Giuseppe Venturella aus Caccamo gelyncht wurden, waren es diesmal die Schwarzen der La Place Plantation, die zu deren Begräbnis kamen und ihr Beileid ausdrückten.

Alle drei hatten im Gefängnis von Hahnville gesessen, in der Nähe von New Orleans. Salardino war angeklagt, aus einem Hinterhalt im Gebüsch am Flussufer tödliche Schüsse auf Monsieur Guermand, einen der großen örtlichen Unternehmer abgegeben zu haben. Die anderen beiden wurden beschuldigt, auf derselben Plantage aus unerklärlichen Gründen einen alten Moossammler umgebracht zu haben. Bei Arena und Venturella hatte der Richter eine Kaution von tausend Dollar festgesetzt, in einem Mordfall keine hohe Summe, doch die beiden hatten niemanden gefunden, womöglich nicht einmal nach jemandem gesucht, der für sie eine Spende gesammelt hätte. So hatten sich die Lynchknechte auch auf sie gestürzt, weil sie *Dagos* waren, und sie zusammen mit Salardino gehängt. Bevor sie ihm die Schlinge um den Hals legten, schrie er noch einmal auf: »I no killa Mr. Guermand, I sleepa!«

So also war es gekommen, dass Sizilianer und Schwarze gemeinsame Sache machten. Im Austausch über ähnlich erfahrenes Leid, ähnliche Vorfälle, ähnliche Ungerechtigkeiten musste zwischen ihnen etwas Tiefgründiges entstanden sein. Etwas, das im Verborgenen blieb, wenn man, um eine Arbeit zu ergattern, gezwungen war, einander zu zerfleischen; etwas, das aber bei Begräbnissen, bei Trauerfeiern, in den Blicken ganz selbstverständlich war, fast als handele es sich um eine alte Partitur, die sie auswendig kannten.

Die Lynchmorde nahmen deutlich zu, auch die an den Sizilianern häuften sich: Die *Dagos* waren halbe Schwarze, also war es konsequent, dass sie die gleiche Behandlung erfuhren. Und es waren ihrer so viele geworden, dass es eines Mittels bedurfte, um ihren Forderungen einen Dämpfer aufzusetzen.

Mit jeder gehängten Person festigte sich eine bestimmte Rechtsprechung. Die Schwarzen, das hatte man begriffen, durften gelyncht werden, das Gesetz gestattete es de facto: Diese Praxis wurde als eine Form der Beschleunigung der Justiz angesehen, als eine flinke Umsetzung von Urteilen, die aus Mangel an Zeit oder Personal oder aufgrund einer gewissen milieubedingten Trägheit nicht zur Ausführung gekommen waren. Doch wo blieben Recht und Gesetz, als 1891 in New Orleans auf einen Schlag elf Italiener, die verschiedener Tötungsdelikte und der Verschwörung angeklagt, jedoch sämtlich von einem Schwurgericht freigesprochen worden waren, vor aller Augen hingerichtet und zur Schau gestellt wurden?

In der aufgeblähten diplomatischen Auseinandersetzung zwischen Italien und den Vereinigten Staaten nach den Vorfällen von New Orleans wurde das »juristische Loch« durch das Mittel der pekuniären Wiedergutmachung gestopft.

Der ganzen Angelegenheit lag ein gewichtiges Problem zugrunde. Italien bestand darauf, dass die Gelynchten italienische Staatsbürger gewesen waren, Untertanen von König Umberto I. und als solche durch einen 1871 zwischen den Vereinigten Staaten und Italien geschlossenen Vertrag in ihren Rechten geschützt, und dass sie von daher nicht hätten gelyncht werden dürfen. Artikel zwei des Vertrages lautete wie folgt:

> Die Vereinigten Staaten garantieren den in die Vereinigten Staaten oder in deren Gebiete emigrierten italienischen Staatsbürgern den beständigen Schutz ihrer Person und ihres Besitzes, darüber hinaus den Genuss derselben Rechte und Privilegien, wie sie den Einheimischen garantiert sind, und die Unterwerfung unter dieselben Gesetze wie die Einheimischen auch.

Was nun die Tat betraf, so unterstrich Italien, dass es sich um Mord handelte. Der amerikanische Staatssekretär entgegnete, dass das »Lynchen« nicht auf der föderalen Liste der Straftaten stünde, sondern von der Rechtsprechung jedes einzelnen Bundesstaats abhinge, in dessen Autonomie Washington nicht eingreifen könne. Hinsichtlich der Treue zum italienischen König machte Washington darauf aufmerksam, dass viele (nicht alle) der Gelynchten von New Orleans bereits in Amerika eingebürgert waren, oder im Begriff standen, es zu werden. Ihr Antrag auf Einbürgerung wurde als Wunsch interpretiert, nicht länger unter dem Schutz des italienischen Königs zu stehen. Die zukünftigen Gelynchten, die dabei waren, Amerikaner zu werden, oder zumindest nicht mehr Italiener sein wollten, wurden somit in juristischer Hinsicht »lynchbar«. Der Umstand, dass diese »Behandlung« im Allgemeinen den Schwarzen vorbehalten war und im Allgemeinen nicht bei den Weißen zur Anwendung kam, erwies sich als ein Gebiet, das vom amerikanischen

Rechtssystem nicht im Entferntesten in Betracht gezogen wurde.
Das juristische Kopfzerbrechen legte in Wirklichkeit die Fundamente eines rassistischen Vorurteils frei. Wenn die nie identifizierte Schar der Lynchmörder, der aber auf jeden Fall eine positive Rolle bei diesen Ereignissen zugeschrieben wurde, einen Sizilianer für einen Schwarzen hielt, dann bedeutete das, dass ihr Tun rechtens war. Auf den Punkt gebracht: Wenn eine nicht im Einzelnen identifizierbare Menschenmenge einen Schwarzen aus dem Gefängnis holte und ihn hängte, um den Lauf der Gerechtigkeit zu beschleunigen, galt das nicht als Straftat. Auch dann nicht, wenn es sich bei dem »Objekt der Begierde« um einen Sizilianer handelte. Aus zweierlei Gründen: einmal, weil die Sizilianer durch den Antrag auf Einbürgerung bewiesen hatten, dass sie amerikanische Staatsbürger werden wollten, zum anderen, weil ihre unklare rassische Herkunft sie nicht in den Genuss von Privilegien der weißen Rasse kommen ließ.
Der rassische und rechtliche Charakter der sizilianischen Einwanderer in Louisiana wurde so zum Gegenstand der Diskussion im Schatten der Leichen, die an den Galgen hingen. Doch seltsamerweise findet sich in der stattlichen Dokumentation, die von den italienischen Diplomaten vorgelegt wurde, kein einziger Ausdruck von Empörung oder Verurteilung der fortwährenden Verunglimpfung ihrer Landsleute. Hingegen wird akzeptiert, dass sie als *Dagos* bezeichnet werden, dass sie von vornherein als Verbrecher gelten, dass die mörderischen Anschläge auf sie aufgrund eben dieser Definition gerechtfertigt sind. Die damaligen Diplomaten waren Grafen, Barone, Herzöge, und es schmerzt nicht wenig, sich durch Hunderte Seiten italienischer Rhetorik und feierlicher Stellungnahmen zu schlagen, die unbestritten dem Bereich des Rechts entstammen, und nicht auf ein

einziges Wort zugunsten dieser Vertreter einer »minderwertigen Rasse« zu stoßen. Und es zeigt sich die kaum verhohlene Gewissheit, dass sie sich nicht besonders empörten, dass sie das Ganze nur vordergründig verurteilten.
Im Fall der drei Lynchmorde von Hahnville, bei denen Salardino, Arena und Venturella ihr Leben verloren, sprachen viele sizilianische Landsleute beim Konsulat vor, um Gerechtigkeit zu fordern, doch vergeblich. Der Gouverneur von Louisiana sagte, die drei wollten amerikanische Staatsbürger werden, der italienische König dürfe sie also nicht mehr zu seinen Untertanen zählen. Er fügte hinzu, dass sie offensichtlich keine guten italienischen Bürger gewesen seien, sie hätten kein Geld nach Hause geschickt, sie hätten ihrer Armee nicht gedient und sie hätten mehrmals ihre Absicht zum Ausdruck gebracht, sich in den Vereinigten Staaten niederlassen zu wollen: das berühmte *animus manendi**. Was die Möglichkeit auf Entschädigung betraf, schrieb er, stünde jenen Personen nichts zu, die zu Lebzeiten nichts zum wirtschaftlichen Wohl oder der militärischen Schlagkraft Italiens beigesteuert hätten. Der italienische Konsul führte zehn Landsleute als Zeugen auf (anstelle der Unterschriften findet sich fast immer nur ein X), dass die drei als Soldaten gedient hatten und daher Italiener waren. Der Gouverneur erwiderte – ohne Beweise vorzulegen –, dass sie bereits an den Lokalwahlen teilgenommen hätten und demnach als Amerikaner galten. An diesem Punkt fuhr der italienische Botschafter, Baron Saverio Fava, einen starken Beweis für die Vorurteile gegenüber den Italienern auf. Er sagte, dass jene, die das Gefängnis von Hahnville gestürmt hatten, nach Salardino suchten, um ihn für den Tod von Guermand zur Rechenschaft zu ziehen, und weil nun sie einmal da waren,

* Der Aufenthalt an einem Wohnsitz, der in der Absicht begründet wird zu bleiben und nicht mehr an den alten Wohnsitz zurückzukehren. [Anm. d. Übers.]

auch Arena und Venturella aus den benachbarten Zellen geholt hatten – einzig und allein, weil sie Italiener waren, also offenkundig rassistischer Vorurteile wegen. Arena und Venturella, die im Gefängnis saßen, aber gegen tausend Dollar Kaution sofort hätten draußen sein können. Prompt erwiderte der Staatssekretär: Der Vorwurf des Rassismus träfe hier nicht zu, denn neben Arena und Venturella hätten sich im Gefängnis von Hahnville noch drei weitere italienische Häftlinge befunden. Hätte es sich um eine rassistisch motivierte Reaktion gehandelt, wären ihr auch die anderen zum Opfer gefallen.

Genau das also durfte sich ein Sizilianer erwarten, wenn er in die Fänge der Justiz des weißen Mannes geriet. Wer als »Weißer«, wer als »Schwarzer«, wer als »*Dago*« zu gelten hatte, daran arbeitete die amerikanische Wissenschaft und Rechtsprechung just in jenen Jahren mit größtem Eifer.

1896 sprach der Oberste Gerichtshof der Vereinigten Staaten im Fall Plessy gegen Ferguson ein historisches Urteil. Homer Plessy, ein Bürger von New Orleans, hatte die Eisenbahn von Louisiana verklagt, da er nicht in einem Waggon »nur für Weiße« hatte mitfahren dürfen. Er hatte daran erinnert, dass dieses Verbot nicht existierte, solange die Union für die Gesetzgebung in Louisiana zuständig war, dass es erst in Kraft getreten war, als die Nordstaatenverwaltung die Macht in die Hände des Bundesstaates gelegt hatte. Homer Plessy, ein junger kreolischer Schuster mit ausgesprochen heller Haut, hatte den Fall dank der Unterstützung eines Bürgerkomitees von New Orleans mit Absicht publik gemacht. Nachdem er zum Verlassen des Waggons gezwungen worden war, hatte er Anzeige gegen den Richter Ferguson aus Louisiana erstattet, der ihn verurteilt hatte. Nach jahrelangen gerichtlichen Querelen bekräftigte der Oberste Gerichtshof in Washington zuerst einmal, dass Plessy nur zu sieben

Achteln weißes Blut besaß (solche wie er wurden *octoroon* genannt), womit eine rassische Differenzierung gegeben war. Das Verbot hatte demnach seine Richtigkeit. Das Gericht fügte hinzu, dass Schwarze (selbst nur zu einem Achtel) und Weiße nicht dieselben öffentlichen Orte nutzen durften. Das Urteil war die juristische Grundlage für die Rassentrennung, die fortdauerte, bis 1954 ein anderes Gesetz diese an den Schulen für illegal erklärte.

Die Rechtsgrundlage für die *Dagos* war gerade im Entstehen begriffen. Keine Weißen, keine Schwarzen, vielleicht Negroide, Nachfahren des niederträchtigen Hannibal, der einen Anschlag auf das große Rom verübt hatte, hamitisches, kein arisches Blut, Mafiosi, schnell das Messer zückend, so wurden sie als gute Lasttiere für die Feldarbeit eingestuft, katholisch, wenn auch in spezieller Weise. Und viele, viel zu viele. Ihre Zukunft, ihr Weißwerden, hing ausschließlich von der Politik ab. Und sie wollten zu weißen Amerikanern werden. 1896, kaum fünf Jahre nach dem großen Pogrom, zogen sie massenweise unter dem Banner von Umberto I., König von Savoyen, durch die Straßen von New Orleans und forderten die *Dago clause*: eine Klausel, die ihnen erlauben sollte, zur Wahl zu gehen. Im Kern hieß das, nicht wie die Schwarzen behandelt zu werden. Sie selbst bezeichneten sich nun als *Dagos*.

Die Zeiten waren unsicher. Es gab gigantische Überschwemmungen, Gelbfieberepidemien, der Preis von Baumwolle und Zuckerrohr fiel mit jedem Jahr, Plantagen gingen Bankrott. Die Schwarzen verließen, sobald sie konnten, diese hoffnungslosen Gegenden und zogen nach Kansas, wo sie besser behandelt wurden, nach Oklahoma oder in eine weit entfernte Großstadt namens Chicago. Dort im Süden blieb nur noch das Zuckerrohr zu schneiden, das ansonsten verfaulte, Baumwolle zu pflücken, die ansonsten verrottete. Es blieben

also keine anderen als die Sizilianer, um den Rücken krumm zu machen.
Wie stellt ihr sie euch vor, unsere Cefalutani? Scheu? Erfahren? Grobschlächtig? Ich habe sie wie ein unscharfes Foto vor mir. Junge Männer ohne Padrone. Ich sehe sie umherstreifen, sich gegenseitig Mut zusprechen, inmitten von nichts Schönem, bei Tag. Ohne Frauen. Da ich weiß, welches Ende sie genommen haben, frage ich mich, ob sie wohl irgendeine Vorahnung besaßen. Ob auch sie schon an Worte gedacht hatten, die sie sagen wollten, bevor sich ihnen die unvermeidliche Schlinge um den Hals legte.
Ehe wir sie zu ihrer letzten Verabredung begleiten, widme ich ihnen dieses Gedicht, verfasst von Richard Wright, einem schwarzen Poeten, geboren 1908 in Mississippi, im Abstand von nur wenigen Metern und wenigen Jahren von dem Ort, an dem sich das letzte Abenteuer unserer *Dagos* abgespielt hat. Das Gedicht, das heute in viele Schulbücher der amerikanischen Mittelschule aufgenommen wurde, trägt den Titel *Between the World and Me* und beschreibt den Schauplatz eines Lynchmords, den der Dichter wahrscheinlich als Kind mit angesehen hat.

Und eines Morgens in den Wäldern stolperte ich
plötzlich über das Ding,
Stolperte darüber auf einer grasbedeckten Lichtung,
bewacht von schuppigen Eichen und Ulmen.
Und die rußschwarzen Details der Szene erstanden vor
mir, schoben sich zwischen die Welt und mich ...

Da war der Anblick weißer Knochen, vergessen
schlummernd auf einem Kissen aus Asche.
Da war der verkohlte Stumpf eines Bäumchens,
einen verstümmelten Finger anklagend
gen Himmel gereckt.

Da waren abgerissene Äste, winzige Venen verbrannter
Blätter und ein versengter Strick aus schmierigem
Hanf.
Ein verwaister Schuh, eine halslose Krawatte, ein
zerfetztes Hemd, ein einsamer Hut und ein Paar
Hosen, steif von schwarzem Blut.
Und auf dem zertretenen Gras lagen Knöpfe,
erloschene Streichhölzer, Zigarren- und
Zigarettenkippen, Erdnussschalen, eine leere
Flasche Gin und der Lippenstift einer Hure;
Vereinzelte Teerspuren, aufgewirbelte Federn und der
schwere Geruch von Benzin.
Und in der Morgenluft goss die Sonne gelbes
Erstaunen in die Augenhöhlen des
versteinerten Schädels …

Und während ich dort stand, erstarrte mein Geist in
kaltem Mitleid mit dem Leben, das zu Ende war.
Der Boden ergriff meine Füße, und um mein Herz
wuchsen eisige Mauern der Angst –
Die Sonne erstarb am Himmel; der Nachtwind
murmelte im Gras und betastete die Blätter
an den Bäumen; der Wald hallte wider vom
hungrigen Heulen der Hunde; die Dunkelheit
schrie mit durstigen Stimmen; und die Zeugen
standen auf und erwachten zum Leben:
Die vertrockneten Knochen regten sich, raschelten,
erhoben sich, verschmolzen mit meinen Knochen.
Die graue Asche formte sich zu festem, schwarzem
Fleisch, das in mein Fleisch eindrang.

Die Ginflasche wanderte von Mund zu Mund, Zigarren
und Zigaretten glühten, die Hure schminkte sich
die Lippen rot,

Und tausend Gesichter wirbelten um mich her,
forderten lautstark, mein Leben zu verbrennen …

Und dann packten sie mich, zogen mich aus, schlugen
mir die Zähne tief in die Kehle, bis ich mein
eigenes Blut schluckte.
Meine Stimme erstickte im Gebrüll ihrer Stimmen,
und mein schwarzer, nasser Körper rutschte und
rollte in ihren Händen, als sie mich an den
kleinen Baum banden.
Und meine Haut klebte am kochend heißen Teer,
löste sich von mir in welken Fetzen.
Und die Daunen und Kiele der weißen Federn
staken spitz in meinem rohen Fleisch, und ich
stöhnte in meiner Agonie.
Dann wurde mein Blut barmherzig gekühlt, getauft
mit Benzin.
Und in einem roten Lodern schnellte ich zum Himmel,
während der Schmerz hochstieg wie Wasser,
meine Glieder zerkochte.
Keuchend, flehend, klammerte ich mich fest wie ein
Kind, klammerte mich an die heißen Flanken des
Todes.
Jetzt bin ich nichts als verdorrte Knochen und
mein Gesicht, ein versteinerter Schädel, starrt in
gelbem Erstaunen in die Sonne … *

* Die Übersetzung folgt hier der originalen englischen Fassung. [Anm. d. Übers.]

9 Inspektionen und damit verbundene Handlungen

Die »Tatorte« sind Orte wie alle anderen auch, sie sind wie die, von denen García Lorca singt:

> El juez, con guardia civil,
> por los olivares viene.
> Sangre resbalada gime
> Muda canción de serpiente.
> Señores guardias civiles:
> Aquí pasó lo de siempre.
> Han muerto cuatro romanos
> y cinco cartagineses.*

Auch in Tallulah »geschah das Übliche«. Eine Ziege und fünf Sizilianer starben. Das kann schon mal vorkommen. In Tallulah aber überfällt einen das Unbehagen bei dem Gedanken, dass es der Tatort selbst gewesen sein könnte, der die Tat provozierte. Die weiten, leeren Ebenen, die alleinstehenden Häuser, der Wald, die Sümpfe, die Gewohnheit, die hier alle haben, auf einen Blick zu sehen, ob einer sein Auto

* Der Richter, mit der Guardia Civil, / kommt durch die Olivenhaine. / Glitschiges Blut stöhnt, / Stummes Schlangenlied. / Ihr Herren der Guardia Civil: / Hier geschah das Übliche. / Vier Römer starben / und fünf Karthager.

falsch geparkt hat, ob eine Tür nur angelehnt ist, ob die Tiere unruhig sind. Ein Gefühl der Bedrohung, der Angst vor dem Ungewöhnlichen, vor dem Anderen. Und so war es auch mit unseren fünf Unglückseligen. Sie waren anders, machten Angst, und *the good people of Tallulah* setzte sich zur Wehr. Das ist alles, da braucht man nicht weiter herumzurätseln.

Aber dann wiederum gibt es Details, die scheinbar nur dazu da sind, um einen zu ärgern, als spielten die Fakten Versteck mit einem.

Die Ziegen beispielsweise.

Die berühmten Ziegen. Der Doktor tötete eine von ihnen. Und die anderen: Was geschah mit denen? Wie viele waren es überhaupt? Zicklein oder Böcke?

Warum fand sich in Tallulah keine Spur der Anstecknadel mit dem Brillanten, mit der einer der Defattas immer protzte und die in Cefalù zum Hauptgesprächsthema wurde?

Und dieser Doktor Hodge. Der rätselhafte Doktor Hodge, der Coroner*, der erst seit knapp zwei Monaten dort war. Eigentlich hätte es sich bei ihm um eine Person mit gesundem Menschenverstand handeln sollen, stattdessen provoziert er aus nichtigen Beweggründen eine Schießerei auf der Hauptstraße von Tallulah.

Und der einzige Überlebende, Joe Defina, der Matrose, der aus der Schlacht von Lissa entkommen war: Er rettet sich vor dem Lynchen dank der Überquerung des Mississippi. Warum verschwindet er vom Schauplatz und lässt sich nicht mehr bei den Schwägerinnen blicken? Er war der Star der ganzen Geschichte – »das Ass im Ärmel«. Trotzdem hat kein Reporter versucht, ihn zu finden.

Zu viele dunkle Zonen, die sich hin und wieder – bei der

*Im angelsächsischen *Common Law* ein Untersuchungsbeamter, der bei zweifelhafter oder unnatürlicher Todesart in einem Rechtsverfahren damit betraut ist, die Todesursache festzustellen. [Anm. d. Übers.]

Lektüre irgendeiner auf Mikrofilm erhaltenen Zeitung, beim Blättern in den dicken Registern von Madison Parish oder während des Besuchs auf dem Friedhof von Vicksburg – erhellen. Vor der verbotenen Tür des Dachbodens macht jedoch alles Halt und lässt einen noch unschlüssiger zurück als zuvor.

Also bleibt einem nichts anderes übrig, als noch einmal von vorn anzufangen und als erstes die »offizielle Wahrheit« über die diplomatischen Beziehungen zwischen Italien und den Vereinigten Staaten zu untersuchen, wie sie in den Geschichtsbüchern und in den Archiven zu finden ist. Und dann zu schauen, ob die Rechnung aufgeht.

Also ans Werk.

Am 21. Juli 1899 brachte die Associated Press folgende Nachricht, die von den Zeitungen in der halben Welt übernommen wurde:

> Im kleinen Ort Tallulah, Louisiana, wurden fünf Sizilianer, von Beruf Obsthändler, von einer Menschenmenge, die sie aus dem Gefängnis geholt hat, gelyncht. Sie wurden beschuldigt, den Coroner des Ortes, Dr. John Ford Hodge, durch einen Gewehrschuss tödlich verletzt zu haben. Ein Racheakt gegen den Doktor, der mit seiner Pistole die Ziege des einen von ihnen erschossen hatte, verärgert darüber, sie auf seiner Veranda anzutreffen. Die Menge übte zuerst Gerechtigkeit an den beiden unmittelbaren Tätern, dann ergriff sie die anderen drei. Wegen ihrer Arroganz und ihres gewalttätigen Verhaltens genoss die Gruppe der Sizilianer im Ort einen schlechten Ruf. Auf einer langen Versammlung wurde beschlossen, auch die anderen drei zu hängen, da sie an der Verschwörung zur Ermordung des Doktors beteiligt waren.

An den darauffolgenden Tagen erfährt man, dass Hodge sich trotz seiner Verletzungen nicht in Lebensgefahr befindet, und dass mindestens zwei Grand Jurys, die sofort in Tallulah zusammengetreten waren, erklärt hatten, die Schuldigen des Lynchmords wären unmöglich zu bestimmen. Heftiger Protest seitens der italienischen Diplomatie in Washington, mit dem Ziel, die Schuldigen zur Rechenschaft zu ziehen, oder zumindest eine pekuniäre Entschädigung für die Familien der Opfer zu erwirken. Im Jahr 1900 kam es zu einer Vereinbarung zwischen Italien und den Vereinigten Staaten, die von Präsident McKinley in seiner Neujahrsansprache vor dem Kongress bekanntgegeben wurde. Darin verurteilt er die barbarische Praxis des Lynchens und fordert den Kongress auf, pro Familie jedes der fünf Gelynchten eine Entschädigung in Höhe von zweitausend Dollar zu genehmigen.
Mit dieser offiziellen Anerkennung, die Italien als großen Sieg der Zivilisation betrachtet und als Beweis dafür, dass das Königreich seine im Ausland arbeitenden Landsleute zu verteidigen weiß, fällt der Vorhang über der ganzen Sache.

Selbst einhundertfünfzehn Jahre später spricht man in Tallulah von *the incident*. Die Ältesten wissen, dass etwas vorgefallen ist, viel mehr aber nicht. »Bucky« Weaver, das historische Gedächtnis des Ortes, ist sich beispielsweise nicht sicher, ob es um Ziegen ging. Ihm zufolge handelte es sich um einen bellenden Hund.
Der Tatort sieht wohl immer noch ähnlich aus wie damals: Das Gerichtsgebäude mit dem angeschlossenen Gefängnis beherrscht die Innenstadt, und in seinem Hof stand die dichtbelaubte Pappel, die zum Lynchen diente (sie verfaulte 1927 während der verheerenden Jahrhundertüberschwemmung, bei der Madison Parish hundertzwanzig Tage lang unter Wasser stand, und wurde daraufhin gefällt). Auf einer großen

quadratischen Rasenfläche vor dem Gerichtsgebäude ein kleines Denkmal des konföderierten Soldaten, geschmückt von zwei herrlichen Magnolien, seitlich die beiden Straßen, in denen sich das Ganze abgespielt hat. Die Cedar Street, an der verschiedene Geschäfte lagen, ein Hotel, Wohnhäuser (damals wie heute ist kein Gebäude höher als zwei Stockwerke) und im rechten Winkel dazu die Front Street (heute Snyder Street), vor der die Eisenbahngleise verlaufen und sich ein Wasserturm erhebt.

In diesem Häuserblock befindet sich alles, was unsere Geschichte braucht: der Laden von Frank Defatta, zwei Türen weit entfernt von Dr. Hodges Praxis, die ihm auch als Wohnung diente, und das Geschäft von Mr. Kaufman, dem Freund des Doktors. Gleich um die Ecke, hinter dem großen Warenhaus Adam and Ziegler, die beiden kleinen Lokale – Laden und Wohnraum – von Joe und Charles Defatta, verbunden mit dem Haus von Kaufman. Die Entfernung zwischen den einzelnen Orten beträgt nicht mehr als hundertfünfzig Meter. Etwas weiter weg, direkt an den Gleisen, der heruntergekommene Obst- und Gemüseladen von Rosario Fiduccia und Giovanni Cirami.

Der 20. Juli 1899 wird in der Zeitung von Vicksburg (das *Madison Journal* dieses Jahrgangs ist leider bei der Überschwemmung von 1927 verlorengegangen) als heißester Tag des Jahres bezeichnet (ein Jahr, das im Übrigen für die Ernten verheerend war, mit einem historischen Temperatursturz und sogar Eisschichten auf dem Mississippi). Die erste Seite verzeichnet die Mais- und Baumwollpreise an der Börse von New Orleans und bringt unter »Wissenswertes« die Nachricht vom Ausbruch des Ätna in Sizilien. Der 20. Juli ist darüber hinaus einer der beiden Tage im Monat, an denen der Gerichtshof von Tallulah »ständig tagt«, wobei zwei Jurys über die Klagen, Streitigkeiten und Petitionen des Parish befinden. Außerdem der Tag, an dem man Konkurse anmeldet, Bankrotterklärungen abgibt und Auktionen durchgeführt werden. Tallulah besitzt weder einen Bürgermeister noch einen Gemeinderat, bei den ranghöchsten Obrigkeiten handelt es sich um Sheriff Coleman Lucas und den Distriktanwalt William Stone Holmes.

Das Gebäude und seine Rasenfläche sind auch das Zentrum der politischen Aktivitäten: Hier werden die Sheriffs, die Richter und Gerichtsvollzieher, die Amtsärzte und der Direktor des Postamtes gewählt. Mit dem »Auge des Soziologen« besehen, zeigt sich das County allerdings im Aufbruch. Dreißig Jahre nach Ende des Sezessionskriegs wird die Baumwollproduktion, die zuvor auf null zurückgegangen war, wieder mit voller Kraft aufgenommen, doch die Umstände für den Landbesitz sind nun völlig andere. Die zwanzig Großgrundbesitzer, Eigentümer Tausender Sklaven, haben einen Großteil ihres Landes verkauft, im Allgemeinen an mächtige Banken. Während der Zeit des Wiederaufbaus folgt ein Bankrott auf den nächsten, Besitzungen werden aufgegeben, zaghafte Kooperationsprojekte in der Hand ehemaliger Sklaven scheitern letztlich. Die Plantagen haben sich verkleinert, sind auseinandergebrochen: Auf der Landkarte sind jetzt mindestens hundert verzeichnet. Gewalt ist an der Tagesordnung, und die ungleiche Verteilung des Reichtums ist skandalös. Die Elite des Parish, die in wenigen luxuriösen Villen lebt, teilt sich das Territorium nicht nur mit zwölftausend Schwarzen, die unter elenden Bedingungen dahinvegetieren, sondern auch mit einer Schicht von Bauern und Händlern – von den Reichen verächtlich *white trash* genannt –, die durch die wirtschaftliche Krise arm geworden sind. Und zornig.

Die politischen Feindseligkeiten sind heftig. Eine neue Partei, die Populisten, fordert vom Staat Louisiana finanzielle Unterstützung der Kleinbauern, die von der Krise betroffen sind, durch die Einrichtung einer Art Volksbank oder eines Parallelfonds, der Kredite zum Kauf von Land und Saatgut gewährt. Die Populisten, die gegen die Großgrundbesitzer ins Feld ziehen, verlangen, das Wahlrecht auf arme Weiße und sogar auf Schwarze auszuweiten. Sieben *Dagos* im Bezirk (außer dem Clan Defina-Defatta gibt es keine weiteren Italiener) sind keine Kleinigkeit, bedenkt man, dass im ganzen Madison Parish bislang nur dreihundertachtundsiebzig Personen das Wahlrecht hatten, was viele von ihnen aber nicht wahrnahmen.

An jenem Tag ist in Tallulah eine große Menschenmenge versammelt. Höchstwahrscheinlich werden die Gäste in den Salons des herrschaftlichen Hauses von Mrs. Kate Holmes empfangen, gleich neben dem Brush Bayou. Neben dem Clan der Sevier sind die Holmes die andere »große Herrschaftsfamilie«, und Mrs. Kate, die Mutter des Staatsanwalts, hat sich durch die Veröffentlichung ihres Tagebuchs über die schrecklichen Ereignisse des Krieges einen Namen gemacht; sie erzählt, wie die Sklaven in der Uniform der Yankees einberufen wurden, wie die Holmes fliehen und ihr Silber im Wald vergraben mussten.

Unsere Landsleute dagegen stehen in ihrem Laden und verkaufen Zitronen, Melonen, Artischocken, getrocknete Tomaten, Oliven und – an vertrauenswürdige Kunden, denn der Sheriff hat es untersagt – eine Flasche Limoncello, den sie heimlich zu Hause herstellen. Alle in Tallulah kennen die *Dagos*, viele sind ihre Kunden. Neben dem Ladenverkauf sind sie per Maultier und Viehkarren unterwegs und bieten ihre Waren an der Zufahrt zu den Plantagen an. Die Halbpächter haben die Erlaubnis, am Sonntag dort einzukaufen. Die Geschäfte der *Dagos* gehen gut, sie besitzen sogar zwei kleine Parzellen und beschäftigen in ihrem Laden drei oder vier Schwarze. Sie haben auch etwas eingeführt, was hier gar nicht gern gesehen wird: Sie geben Waren auf Kredit, bis sie dann das Vereinbarte aus der Halbpacht einkassieren. Die Halbpächter, die auf den Plantagen arbeiten, erhalten einen Teil ihres Lohns in speziellen Münzen, den *bronzine*, Blechstücke mit der Aufschrift: »gültig für ein Stück Fleisch«, »gültig für einen Teller Polenta«, die sie in den Verkaufsstellen der Plantagenbesitzer einlösen müssen. Die *Dagos* jedoch haben viel bessere Ware, und außerdem gibt es bei ihnen auch etwas Likör.

So also laufen die Geschäfte der Defattas. Mühsam zwar, aber sie können sich am Markt halten. Sie gehören zum Ort und zahlen die Steuern, die auf ihr Eigentum berechnet werden: der Laden, drei Maultiere, ein Pferd. Nachweislich haben Joe und Frank zweihundertfünfzig Dollar nach Hause geschickt.

Wenn der »sizilianische Obsthändler« philosophisch betrachtet eine zeitlose Gestalt ist – er ist auch heute nicht von der Insel wegzudenken, mit seinem Ape-Kleintransporter und dem Megafon, an einem der Knotenpunkte der Umgehungsstraße, unter einem Sonnenschirm, einen jungen Burschen an seiner Seite –, dann wird uns klar, welch ein sympathischer Typ er ist. Er wiegt alles großzügig ab, kennt die Verlockungen von Melone, Kaktusfeige und Mandelsaft, in seinen Augen liegt ein Lachen, und er lässt uns – diesmal ohne jede Angst – an den berühmten Blick von Antonello da Messinas *Unbekanntem* denken. Genauso müssen auch unsere *Dagos* gewesen sein. Bei einem finsteren, furchteinflößenden Obsthändler kauft man nichts.

Ich stelle sie mir in jenem Ort als Kuriosum vor, als etwas Neues, etwas Exotisches, wie der Clan der Zigeuner des Melquiades im Macondo der Buendía.

Die Tat im Vorfeld, die ohne Zeugen blieb, war also die Tötung einer von Joe Defattas Ziegen durch Doktor Hodge, der angesichts des Lärms ihrer Hufe auf seiner Veranda die Geduld verlor. Als Joe von der Sache erfuhr, soll er seinen Nachbarn mit den drohenden Worten angegangen sein: »Du hättest besser daran getan, mich zu töten.«
Anschließend soll er sich insgeheim mit seinen Brüdern getroffen haben, um die Racheaktion zu planen. Der Doktor, ein junger und mutiger Mann, hatte keine Angst. Am Abend des 20. Juli war er sogar zusammen mit seinem Freund Kaufman am Laden der Italiener vorübergegangen (auf dem Weg zum Abendessen bei Kaufman, eine andere Möglichkeit gab es nicht – es waren doch immerhin fünfzig Meter), und da wurde er angegriffen. Er hat sich verteidigt, dabei Charles verletzt, doch dessen Bruder Joe streckte ihn durch einen Gewehrschuss nieder und verletzte ihn schwer. Als man den Doktor am Boden sah, hat die Bevölkerung von Tallulah die Sache in die Hand genommen. Das Ende kennen wir.
In den Meldungen des Tages wird noch erwähnt, dass Hodge und Joe Defatta sich gut kannten, dass der Doktor Joe wegen einer Infektion behandelt hatte, dass Frank ihm Früchte brachte, ohne etwas dafür zu verlangen. Warum hat Frank seine Ziegen nicht angebunden und Hodge um den Schlaf gebracht? Anders gesagt: Warum wendet sich Hodge auf einmal mit einer so infamen Tat gegen den Obsthändler?
Das Problem ist kein geringes. Joes finstere Drohung – »you betta killa me« – gehört jedoch tatsächlich zu einem bestimmten Sprachkode in Sizilien. Sie verweist auf den toten Hund, den man einen auf dem Feldweg finden lässt, auf Szenen aus der Kosmologie, aus der Welt der Qualen und der Pein, der Gewalttätigkeiten, die ein sizilianischer Bauer zu erleiden hat. Oder ein sardischer, maßen damals doch die italienischen Kriminologen beiden Inseln denselben minde-

ren Wert bei. (Noch heute beispielsweise erzählen die Volkslieder, die an die Taten des berühmten Banditen Grazianeddu Mesina erinnern, von seinem allerersten Verbrechen. Der Besitzer eines Gartens hatte Grazianeddus Hündchen getötet. Warum hast du das getan?, fragte Grazianeddu. Er hat meine Trauben gefressen, antwortete der Padrone. Das ist nicht wahr, erwiderte Grazianeddu. Er wollte aber sichergehen und schlitzte dem armen kleinen Tier den Bauch auf – drinnen fand sich keine einzige Traube. Der Beweis für die Lüge des Gartenbesitzers war damit erbracht, und Grazianeddu tötete ihn.)
Das war die einzige Version der Dinge, denn derjenige, der eine andere hätte liefern können, war getötet worden. Die Fragen bleiben also: Warum reagiert Hodge plötzlich so impulsiv? Warum geht Joe nicht zum Sheriff? Warum waren die Ziegen nicht angebunden (Hodge sagt, er hätte Joe mehrmals darum gebeten)? Von wie vielen Ziegen ist die Rede: zwei, drei oder mehr? Die anderen Ziegen tauchen nicht mehr auf, weder tot noch lebendig. Auch nicht unter den Besitztümern, die nach dem Tod der Brüder zur Versteigerung kamen. Auch nicht in ihrer Einkommenserklärung, wo doch Tiere als Teil des Besitzes gelten, den man anzugeben hat. Zwischen den Zeilen des Berichts eines der Skandalreporter, die in den Tagen nach dem Massaker in Tallulah auftauchten, gibt es eine vage Anspielung auf eine andere Version. Nachdem der Doktor die Ziege erschossen hat, soll Joe die anderen beiden Ziegen (es waren also drei) eigenhändig getötet haben. Man versteht nicht, ob aus Tollheit und Verzweiflung, oder um auf diese Weise zu zeigen, dass er den begangenen Fehler bereut und ihn wettmachen will. Sollte das der Fall sein, dann wäre die offizielle Version der Geschichte hiermit entkräftet. Und wir sind unschlüssig, ob wir so weit gehen sollen. Oder noch weiter, gar bis zum Un-

wahrscheinlichen: dass sich die ganze Geschichte mit den Ziegen nie ereignet hat.

Kommen wir also zur Schlüsselszene, den Schüssen auf Doktor Hodge. Das war keine Sache des Augenblicks, kein Wutanfall. Sondern ein surreales Ereignis in Zeitlupe. Folgendes hat Hodge eine Woche später einem Journalisten aus Vicksburg erzählt:

> Im Laufe des Tages hatten meine Freunde mich mehrmals vor den Absichten der Italiener gewarnt. Abends ging ich zu Mr. Kaufmans Haus hinüber, wo ich für gewöhnlich zu Abend esse. Ich bog um die Ecke und sah Charles DiFatta, der mir am selben Abend schon mal begegnet war, als er mich von der Treppe seines Hauses aus freundlich grüßte. Nichts Böses ahnend stand ich nun vor ihm. Da zog er ein Messer, das er im Jackenärmel verborgen hielt, und stürzte sich ohne Vorwarnung auf mich.
>
> Ich streckte ihn mit einem Faustschlag nieder, hielt ihn mit der einen Hand zu Boden gedrückt, während ich mit der anderen nach meiner Pistole tastete. Ich wollte die Waffe ziehen, aber sie hatte sich im Halfter verfangen, ich brauchte beide Hände, um sie daraus zu befreien, und so war ich gezwungen, ihn loszulassen. Ich packte die Pistole mitsamt dem Halfter und schoss auf Charles, dann versetzte ich ihm mit dem Kolben einen heftigen Schlag.
>
> Ich drehte mich um, sah Joe DiFatta auf mich zukommen und schoss auf ihn. Und noch einmal schlug ich Charles auf den Kopf, so dass er zusammenbrach. Da hörte ich einen Schwarzen rufen: »Vorsicht, Doktor! Joe will auf dich schießen.« Ich sah mich um, und da

> stand Joe DiFatta im Türrahmen seines Ladens, ein Gewehr auf mich gerichtet.
> Nach dem Schuss, den ich zuletzt abgefeuert hatte, klemmte meine Pistole, und da ich sah, dass Joe auf meinen Bauch zielte, zog ich den Mantel fest darüber und verschränkte die Hände darauf, während ich die Waffe im Auge behielt.
> Joe schoss. Der Schuss riss mich zu Boden, ich stand wieder auf und lief zu meiner Praxis zurück, um nach einer funktionierenden Pistole zu suchen, als ich die anderen drei Italiener schwer bewaffnet auf mich zukommen sah. Jemand rief mir zu, ich solle ins Haus gehen, aber ich blieb, wo ich war.
> Die drei Italiener, die sich mir näherten, wurden gefangengenommen.

Kein Schwurgericht würde den Doktor nach einer solchen Aussage freisprechen. Für die Grand Jury jedoch war es vollkommen nachvollziehbar, dass die Bevölkerung von Tallulah von einer Verschwörung gegen den Doktor überzeugt war.

Aber ich – und hier gestehe ich offen meine Zweifel – bin überzeugt, dass die Dinge anders gelaufen sind. Und heute, während ich durch die Straßen von Tallulah spaziere, hoffe ich, auf etwas zu stoßen, um mehr als ein Jahrhundert später zu beweisen, dass es keine Verschwörung gegeben hat, dass es sich bei meinen Underdogs aus Cefalù um Märtyrer handelt, und dass es gilt, Gerechtigkeit herzustellen.

Seit Monaten korrespondiere ich mit Prof. Cynthia Savaglio. Ich hatte ihren Namen in einem maßgeblichen, 1982 erschienenen Essay von Prof. Edward F. Haas über den Lynchmord von Tallulah entdeckt. Savaglio gilt der Dank für die Quittung des Bestattungsinstituts Fisher, die sie mir ausgehändigt hat; eine Fotografie beweist den Transport der sterblichen Überreste der fünf Ermordeten von Tallulah nach Vicksburg; die Kosten für die Überführung übernahm der italienische Konsularbeamte Nat Piazza. Ich hatte Cynthia Savaglio eine E-Mail geschrieben und dann recht bald entdeckt, dass es sich bei ihr um die beste Kennerin des Verbrechens von Tallulah handelt. Sie ist Professorin an der Universität von Tampa in Florida, Historikerin und Drehbuchautorin, mit Vorfahren aus Kalabrien, und hatte Archive und Zeitungen durchkämmt, Nachkommen der Defattas befragt, war Steuererklärungen, Strafanhängigkeiten, Passagierlisten der Schiffe, also jeder nur erdenklichen Sache nachgegangen, die dazu dienen konnte, der Wahrheit über das, was wirklich geschehen war, auf den Grund zu kommen.

Seit Anfang 2014 versorgt Cynthia mich mit Dokumenten, Hinweisen, Eingebungen. Es ist deshalb normal, dass ich gemeinsam mit ihr – über iPhone und WhatsApp – den Schauplatz des Verbrechens inspiziere.

Was folgt, ist ein von vier Händen erstellter Bericht. Eigentlich von dreien, plus einer.

Zunächst die Chronologie der Fakten.

Die Ziege – oder die Ziegen, das weiß man nicht – wurde von Doktor Hodge in den frühen Morgenstunden des 20. Juli getötet.
Der Vorfall zwischen Charles Defatta und Hodge ereignet sich zwölf Stunden später, nachdem der Doktor sein Abendessen im Haus von Kaufman beendet hat, wahrscheinlich zwischen 17 und 19 Uhr, als die Sonne noch schien.

Charles und Joe werden sofort ergriffen und kurz darauf umgebracht.
Rosario Fiduccia, Frank Defatta und John Cirami werden festgenommen, als sie – wie alle anderen auch – am Ort der Schießerei eintreffen, zum Gefängnis gebracht und dort von Sheriff Lucas in Gewahrsam genommen. Lucas wird gegen 21 Uhr 30 »höflich und ausdrücklich zugeraten«, der Gruppe der zukünftigen Lynchmörder die Schlüssel auszuhändigen. Frank und Fiduccia werden zwischen 22 und 23 Uhr, es ist nun dunkel, an der Pappel im Gefängnishof gehängt.
Es kommt zu einer langen Diskussion unter der Bevölkerung von Tallulah, wie man mit dem letzten der Sizilianer, dem jungen Giovanni »John« Cirami, verfahren soll, und schließlich beschließt man, auch ihn zu hängen. Er wird »in den ersten Morgenstunden«, zwischen Mitternacht und zwei Uhr früh, gelyncht.
Zur selben Zeit macht sich die Posse auf den Weg nach Milliken's Bend, um Joe Defina und seinen Sohn zu töten. Wie wir wissen, scheitert dieses Vorhaben.

Die Tragödie, an der das gesamte Dorf mitwirkt, dauert alles in allem wenig mehr als vierundzwanzig Stunden.

»Charles und Joe wurden sofort ergriffen.«
Sicher, es muss dort eine Menge Leute gegeben haben.
Der verletzte Doktor geht also auf seinen eigenen Beinen nach Hause. Charles Defatta ist mit seinen vierundfünfzig Jahren der älteste von allen und als Letzter von ihnen in Tallulah eingetroffen: Er spricht kein Wort Englisch. Mehrmals wird er vom Doktor mit der Faust und dem Pistolenkolben auf den Kopf geschlagen. Es gelingt ihm, sich aufzurappeln, er läuft ins Haus und versteckt sich unter dem Bett.
Joe lässt das Gewehr sinken, rennt über die Straße in Kauf-

mans Haus und versteckt sich im gemauerten Kaminschacht. Dort wird er sofort entdeckt, sie schießen in den Schacht und zerren ihn halb bewusstlos heraus.
Beide, Charles und Joe, werden zum Schlachthof gebracht. Hinter ihnen ein Zug von etwa hundert Leuten. Es ist ausgeschlossen, dass sie etwas gesagt oder Widerstand geleistet haben. Charles' Kopf ist zerschlagen, Joe wurde wahrscheinlich mitgeschleift. Charles wird als Erster gehängt, sie ziehen das Seil mit solcher Wucht an, dass sie ihm am Stützbalken den Schädel zertrümmern. Als Joe gehängt wird, ist er womöglich schon tot.

Rosario Fiduccia, Frank Defatta und der junge John Cirami sitzen in einer Zelle im Gefängnis. Wahrscheinlich wissen sie nicht, was den anderen beiden widerfahren ist, vielleicht hat man es ihnen aber auch gesagt. Mit Sicherheit muss es aber einen Dialog zwischen ihnen und ihren Mördern gegeben haben, wenn selbst im *Giornale di Sicilia* berichtet wird, dass sie zunächst versuchten, um Gnade zu bitten, und dann unter Flüchen gegen die feigen Mörderhunde zum Galgen gingen. Einer amerikanischen Zeitung zufolge sagte Rosario aber: »Die Gesellschaft wird Rache nehmen für das Übel, das ihr mir angetan habt.« (Der Journalist interpretiert »die Gesellschaft« als Synonym für die Mafia, was bedeutet, dass Rosario als Mafiamitglied ohnehin schuldig ist.) Franks Worte dagegen sind beschwichtigend: »Kommt, Jungs, wir sind doch alle Freunde, wir kennen uns seit sechs Jahren«, sie werden dennoch – vielleicht, weil sie einen empfindlichen Nerv treffen – mit dem Strick beantwortet. Es stimmt allerdings, dass sie Frank eine Zigarre gaben, dass alle, die unter der Pappel standen, sich kannten, weshalb ich mir die Szene in jenem Hof bei Anbruch der Nacht lärmend vorstelle, rau, verschwitzt, trunken.

Vor allen Dingen dauerte sie. Mehr als eine Stunde ist vergangen, seit Sheriff Lucas die Schlüssel ausgehändigt hat. Wir wissen nicht, was in der Zwischenzeit geschehen ist.
Verhört, geohrfeigt, durchsucht, verspottet.
Ob sie um etwas gebeten haben? Ob es jemanden gab, der sie verteidigt hat? Ob sie nach dem Priester verlangt haben? (An jenem Tag war ein Priester im Ort.)
Leute kommen zu ihnen in die Zelle, gehen wieder hinaus, brechen in ihren Laden ein. Suchen das Seil. Lassen die Whiskyflasche kreisen. Ein Hin und Her von Pferden und Reitern.
So wurde in Tallulah Gericht gehalten, ein Anwalt war dabei nicht vorgesehen. Die Menge übernahm sämtliche Rollen – Anklage und Verteidigung. Leute ergriffen für sie Partei, vielleicht war das ja sogar vorgesehen, mussten aber hinnehmen, dass sie sich in der Minderheit befanden.
Da sie als Kinder in den Dom von Cefalù gingen, da sie an den Osterzeremonien teilnahmen, werden Defatta, Fiduccia und Cirami nun als Erwachsene wohl noch irgendwo in ihrem Hinterkopf die Vorstellung vom Kreuzweg haben, von der Prozession, vom Anspucken, aber auch von dem, der einem das Blut aus dem Gesicht wischt. Und schließlich die Ahnung, dass nur ein Wunder sie noch retten könnte. Aber die Wunder blieben aus: Der Sheriff zeigte sich nicht, sein Stellvertreter war Mitglied der Lynchtruppe. Der Staatsanwalt, der von allem wusste, trank wahrscheinlich mit seiner Mutter einen Cognac in seinem großen Haus, kommentierte die Grausamkeit der Menge und die Gefahrensituation, die diese *Dagos* verursacht hatten.
Und so stieg auch Frank zum Himmel auf, mit jenen wenigen Worten über die Macht der Freundschaft, seinem Appell an einen letzten Rest von Menschlichkeit, der in einem jeden von uns existiert, seinem »Ich kenne euch doch alle

seit sechs Jahren, wir sind alle Freunde«, fast schöner als das »Vater, vergib ihnen, denn sie wissen nicht, was sie tun«. Es muss auch gesagt sein, dass Franks Worte ein Zeichen hinterließen, denn es waren die Lynchmörder selbst, die von ihnen berichteten. Beinahe so, als legten sie Wert darauf, Frank in guter Erinnerung zu behalten.

Blieb noch John Cirami, zweiundzwanzig Jahre alt, Franks Neffe, den er aus Cefalù hatte kommen lassen, damit er ihm »zur Hand ginge«. Er war seit knapp zwei Monaten in Tallulah.

Jedes Mal, wenn Cynthia Savaglio auf ihn zu sprechen kommt, schreibt sie: »der arme Giovanni«.

Der Junge, den wir uns mit schwarzen Locken vorstellen. Der brave Junge aus dem Dorf, dem das Lesen und Schreiben Mühe bereitet, der den Karren voll Melonen zu den Schwarzen bringt, um sie ihnen zu verkaufen, der über die baumwollbedeckten Weiten gestaunt hat, die sich im Juli in ein weißes Blütenmeer verwandeln, der mit dem Boot in die Sümpfe hinausgefahren ist, um Jagd auf Alligatoren zu machen.

Der arme Giovanni. Der Unschuldige.

Den Berichten zufolge sagte Giovanni kein Wort. Stimmen aus der Menge erheben sich für ihn: Verschont ihn! Er ist ein Junge! Er hat nichts damit zu tun!

Wenn es jedoch ein Komplott gab – und die Lynchknechte wussten ja nur allzu gut, dass alle *Dagos* eine Mafia waren –, wie nur sollte er nicht daran beteiligt gewesen sein? Hatten sie ihn nicht eigens aus Sizilien kommen lassen, um ihre Machtposition zu stärken? Und war das hier jetzt nicht die Gelegenheit, sich ein für alle Mal von dieser heimtückischen Rasse zu befreien, die alles verseuchte? Ein einziger Tropfen Blut – erinnert euch – kann das sauberste Wasser

verschmutzen! Er breitet sich aus und schreit nach *vendetta!*, da könnt ihr Gift drauf nehmen.
Und so endete als Letzter der fünf auch der arme Giovanni am Galgen, tief in der Nacht.

Der arme Giovanni hat jedoch sein Schicksal eine neue Wendung nehmen sehen. In einem ansprechenden Jugendbuch, *Alligator Bayou*, aus der Feder von Donna Jo Napoli, Linguistin und Kinder- und Jugendbuchautorin, deren Werke weltweit übersetzt sind, lebt Giovanni unter dem Namen Calogero wieder auf. Da ist er jünger, vierzehn Jahre alt, und frisch aus Cefalù zu seinen Verwandten nach Tallulah gekommen. In der märchenhaften Geschichte, die getreu entlang der Tragödie von Tallulah erzählt wird, hat der kleine Calogero allerdings eine Schuld auf sich geladen: Sein Onkel Giuseppe hatte ihm aufgetragen, vor dem Schlafengehen den Ziegen die Füße zu fesseln, da der Doktor über den Lärm verärgert war, den sie auf der Veranda verursachten. Calogero hatte es jedoch vergessen. In der Erzählung ist von zwei Ziegen die Rede: »Bedda« und »Bruttu«, es genügte aber, Beddas Füße zu fesseln, weil Bruttu gewohnt war, ihr überallhin zu folgen. Doch Calogero hatte es vergessen, und nun hingen seine Onkel am Galgen. Er selbst konnte sich retten, weil ihm zunächst ein schwarzes Mädchen – dann ein Indianer, schließlich eine Lehrerin, die ihm etwas Englisch beigebracht hatte – zur Flucht verhalfen: fort, fort, dorthin, wo es nicht so wild ist, nicht so barbarisch, nicht so böse, in das verwunschene County, wo die Erdbeeren wachsen, Tangipahoa, in der Stadt Independence, wo die Straßenschilder auf Sizilianisch geschrieben sind.

Es lief nicht auf diese Weise, doch wie schön, dass es sich jemand so vorgestellt hat.

Die Geschichte war ein derartiger Albtraum, dass sie es verdient hat, als Märchen erzählt zu werden.

Wir Detektive fühlen uns jedoch verpflichtet, ein zweites Urteil abzugeben, um zumindest zu einer postumen Wahrheit zu gelangen.
Cynthia Savaglio und ich sind uns einig, dass Doktor Hodge der Dreh- und Angelpunkt des Ganzen ist.

Leider weiß man nicht allzu viel über diese eigenartige Persönlichkeit. Es existiert kein Foto von ihm, niemand hat ihn wirklich befragt. Seltsam, angesichts der Tintenfluten, die zu den Ereignissen von Tallaluh vergossen wurden. In den Archiven des Gerichtshofs von Tallulah liegt als einziges Dokument die Urkunde seiner Einsetzung als Amtsarzt und Coroner, datiert vom April 1899, mit einem Jahresgehalt von zweitausend Dollar (nicht wenig). Er gibt diesen Posten bereits im September 1899 wieder auf, um in seine Geburtsstadt in der Nähe von Monroe zurückzukehren, wo er bis zu seinem Tod im Jahr 1915 leben wird.
Drei Tage nach dem Lynchmord fügte die *New Orleans Times Democrat*, die Tageszeitung, die am meisten die Reaktion der Menschen in Tallulah auf die beunruhigende Präsenz der Sizilianer in ihrem Ort «gewürdigt« hatte, doch die ein oder andere Information über ihn hinzu. Sie bezeichnete ihn als »jovialen und intellektuellen Gentleman, sehr versiert in seinem Beruf als Arzt und Chirurg«, und erinnerte vor allem an seinen Vater, eine berühmte Persönlichkeit. Dieser war ein »kraftvoller Prediger der Methodistenkirche, bekannt als *The Fighting Father*, hatte im Krieg zwei Kompagnien angeführt und sich durch seine Galanterie, seine Ruhe und Standhaftigkeit einen Namen gemacht. Diese charakterlichen Eigenschaften hat der Doktor mit Sicherheit von sei-

nem Vater geerbt. Es hieß, wenn es dem alten Father Hodge nicht gelang, Gottes Gnade in einem zu erwecken, dann hat er sie einem mit Peitschenhieben eingebläut. Aus solch einem Stamm, groß wie der einer Bergkiefer, ist der Doktor hervorgegangen. Sein Zugehörigkeitsgefühl zu diesem Landstrich, sein Ehrgeiz, sich hervorzutun, haben ihn nach vorn gebracht. Er ist der Freund von allen, unermüdlich bei der Arbeit, ohne den geringsten Anflug von Trägheit.«

Aus dem gleichen Holz, so die Zeitung weiter, war auch seine Frau, »Mrs. Milling, die Tochter von John H. Milling, einem Stiefbruder von Kapitän W. T. Theobolds aus Ouachita, allen Widersachern der *Reconstruction** gut bekannt. Der alte Milling verlor ein Bein in der Schlacht am Malvern Hill, wo er mit dem zweiten Louisiana Korps kämpfte. Eine Familie unbeugsamer Tapferkeit.«

Savaglio, die in den Archiven von halb Louisiana geforscht hat, entdeckte, dass unser Doktor vier Schwestern und drei Brüder hatte und in der Erbfolge an höchst ungünstiger Stelle stand. Seine erste Frau, Sallie, war 1889 gestorben. Die zweite – aus ebenjenem kämpferischen Geschlecht – war ihm nicht nach Tallulah gefolgt, vielleicht kamen sie nicht miteinander aus (Cynthia vermutet stark, dass Hodge einen fatalen Hang zum Alkohol hatte), vielleicht war es ihr in Tallulah zu gefährlich. In den sechs Monaten seines Wirkens in Tallulah wird Hodge nur drei Mal als Coroner gerufen, um seine Einschätzung zu zweifelhaften »Todesarten« abzugeben. Wenig, bedenkt man Tallulahs Ruf als gewalttätigen Ort. Wäre er auch gerufen worden, um den Tod eines Schwarzen zu beurkunden? Eines Gelynchten? (Wäre er nicht verletzt gewesen, hätte Hodge paradoxerweise die Todesart der fünf

* Die vom Sezessionskrieg (1861–1865) bis 1877 dauernde Phase, in der die während des Krieges aus den USA ausgetretenen Südstaaten wieder in die Union eingegliedert wurden. [Anm. d. Übers.]

Sizilianer bescheinigen müssen. Ein anderer an seiner Statt wurde nicht berufen.)
Hodge hatte in New Orleans ohne besondere Meriten graduiert. Wahrscheinlich war es eher sein Stammbaum als sein Titel, der den Sheriff und den Staatsanwalt von Madison Parish veranlasste, ihn mit der verantwortungsvollen Aufgabe eines Coroners an einem Ort (»die Front«) zu betrauen, wo die vorrangige Aufgabe darin bestand, mit jedem Mittel die zahlenmäßige Überlegenheit der Schwarzen einzudämmen.
Die Sizilianer dürften für Hodge keine Unbekannten gewesen sein, war doch in seinen Kreisen die mythische Schlacht am Malvern Hill lebendiges Gemeingut. Darin starben nämlich, aufgenommen in die Reihen des Zehnten Louisiana Korps, auch dreihundertachtzehn Soldaten von insgesamt zweitausend der Bourbonischen Armee, die es zu Zeiten von Garibaldi vorgezogen hatten, sich von den Konföderierten anheuern zu lassen, anstatt in die Gefängnisse der Savoyer zu wandern. (Interessant: Das war eine private Abmachung zwischen Garibaldi und einem Abenteurer, den er während seines New Yorker Exils kennengelernt hatte. Er verkaufte seine Soldaten an ihn, und sie nahmen vier Schiffe von Palermo nach New Orleans, zusammen mit den ersten Ladungen an Zitronen.)

Kurz gesagt: In meinem Kopf hatte sich der Gedanke eingenistet, dass Hodge ein entschlossener, eiskalter Agent Provocateur war, eingesetzt von denen, die die Sizilianer des Parish eliminieren wollten.
Über diesen Ansatz habe ich mich mit Cynthia Savaglio in zahlreichen E-Mails ausgetauscht.
Es gibt ein erstes Indiz, das diesen Verdacht nährt. Als es darum ging, den Besitz der Defattas aufzuteilen, erhielt Hodge nicht nur eine goldene Uhr als Ersatz für die seinige, die bei

der Schießerei kaputt ging, sondern auch zehn Dollar, die Joe ihm noch für den Kauf eines Pferdes schuldete. Was bedeutet, dass die beiden in geschäftlichen Beziehungen standen und Joe sein Schuldner war.
Das wirft nun ein anderes Licht auf Joes berühmten Satz: »You killa my goat, you betta killa me.« Womit er sagen wollte: Du bist nicht nur wegen der zehn Dollar für das Pferd hinter mir her, sondern jetzt hast du auch noch meine Ziege erschossen, durch die ich meinen Unterhalt bestreite. Du willst mich also wirklich fertigmachen!
Hodge gibt an, dass die Sizilianer bewaffnet waren, was naheliegend war, denn zu der Zeit trug in Tallulah, wie Savaglio betont, jeder eine Waffe bei sich, das Gewaltpotenzial war beträchtlich. Und es kann durchaus möglich sein, fügt sie hinzu, dass Joe tatsächlich einen Schwarzen, der ihm eine seiner Melonen stehlen wollte, erschossen hat, wie die Bürger von Tallulah als Verweis auf seine Gefährlichkeit und Gewalttätigkeit erzählten. Wir wissen, dass er im Besitz einer Waffe war, die offiziell unter seinen Besitztümern gelistet war. Aber für mein Dafürhalten hat sich diese Episode nicht ereignet. Sollte Joe in Tallulah tatsächlich einen Schwarzen erschossen haben, dann hätten die Leute ihm einen Drink spendiert. Ich halte es für wahrscheinlicher, dass die Geschichte aufgebauscht wurde, dass Joe geschossen hat, um seinen Laden zu verteidigen oder den Dieb einzuschüchtern.
Versuchen wir, uns Joe an jenem Morgen vorzustellen. Seine finanzielle Lage ist miserabel, und nun geht auch noch einer der wichtigsten Männer des Ortes gegen ihn los und erschießt ihm die Ziege. Er weiß nicht, was er tun soll. Möglicherweise hat er sich selbst angeboten, die zweite Ziege zu erschießen, nur um Schlimmeres zu verhindern.
Schauen wir aber, was Hodge jetzt tut. Er hat sich als ganzer

Kerl erwiesen, er hat die Ziege des *Dago* getötet. Aus dem gesamten Umland kommen sie »zum Gerichtstag« in den Ort, und die getötete Ziege ist in aller Munde. Gut gemacht, Doktor! Da hast du den *Dagos* eine Lektion erteilt! Lasst uns dem Doktor einen ausgeben! Diese Leute gehören fortgejagt!

Nie zuvor muss sich Hodge so sehr als Held gefühlt haben wie an diesem Tag.

Wieder schreibe ich an Savaglio: »Ist es normal, dass Hodge am 20. Juli einen Mantel trug?« Antwort: »Nein, das ist es nicht. Meiner Ansicht nach brauchte er den Mantel, um darunter die Pistole zu verbergen. Er war gekleidet wie für ein Duell.«

Hodge, der Sohn des Predigers, geht in den Bars ein und aus, er schüttelt Hände, ja, heute ist wirklich sein Tag. Er weiß, dass er früher oder später auf die Defattas treffen wird. Als es dann dazu kommt, werden sich wahrscheinlich schon Dutzende Menschen auf der Straße versammelt haben, um die Schlüsselszene nicht zu verpassen. Hodge hat angegeben, dass ihm den ganzen Tag lang Gerüchte über gewalttätige Absichten der Sizilianer gegen ihn zu Ohren gekommen seien. Sehr viel einleuchtender ist der Gedanke, dass er den ganzen Tag vom »Volk« dazu gedrängt wurde, etwas zu tun, sich als Mann zu erweisen, als Sohn seines Vaters.

Als er mit Kaufman, der selbstverständlich von seinem Vorhaben weiß, vor dem Geschäft eintrifft, ist er es, der Charles Defatta angreift, denn dieser ist wahrlich nicht in der Lage, auf den Doktor loszugehen. Er schießt auf ihn, um ihn zu töten: einmal, zweimal. Er versetzt ihm Fausthiebe auf den Kopf. Die Leute stehen um die beiden herum, glotzen, feuern Hodge an. Alles geht furchtbar unbeholfen vonstatten. Das Halfter, die Pistole, die enervierende Langsamkeit der Szene.

Joe Defatta hat das Gefühl, die Welt stürzt über ihm zusammen. Vor allem aber sieht er seinen älteren Bruder, verletzt, mitten auf der Straße, und den Doktor, der alles daran setzt, ihm den Garaus zu machen. Und erst in dem Moment geht er ins Haus, um seine Flinte zu holen. Alles vollzieht sich ganz langsam, Hodge wird sogar durch den schwarzen Jungen vorgewarnt, er hat genügend Zeit, um sich zu schützen …

Handelte es sich also um eine kaltblütige Provokation?
Ja, das zumindest ist meine Schlussfolgerung.
Eine *Cavalleria rusticana** unter anderen Vorzeichen. Der Doktor, der sich als Mann erweisen musste, die Händler aus Tallulah, die kaum erwarten konnten, ihre Konkurrenten loszuwerden, die Defattas, die in die für sie gestellte Falle gingen.
In den langen Stunden nach dem Lynchmord an den fünfen spielt Hodge weiterhin seine Rolle: die des sterbenden oder gar schon toten Helden. Das Opfer, das nach Rache verlangt. Dann verschwindet er von der Bildfläche, so, als würde er nicht mehr gebraucht. Er, der Tallulah durch seinen Mut vor der sizilianischen Mafia gerettet hat, wird rasch gesund und verlässt, sobald er kann, den Ort. In Tallulah wie beim Rest der Welt geriet er sofort in Vergessenheit. Er starb 1915 als verschrobener Dorfarzt in Downsville, unweit von Monroe.

Die Leichen der *Dagos* blieben die ganze Nacht über hängen, sie wurden begrapscht und geschunden, ihre dunkle Haut, ihre Genitalien, ihre fleischigen Lippen begutachtet. In der

* Der sizilianische Schriftsteller Giovanni Verga (1840–1922) publizierte die Erzählung *Cavalleria rusticana*, auf die hier Bezug genommen wird – eine Geschichte von Liebe und Eifersucht, die gleich nach der Einigung Italiens im sizilianischen Ort Vizzini spielt – in *Vita dei campi*, seinem ersten Band mit Erzählungen, erschienen 1880 in Mailand. [Anm. d. Übers.]

Frühe wurden sie abgenommen, in fünf offene Holzsärge gelegt und gut sichtbar an der Bahnstation von Tallulah ausgestellt. Dieses Szenario bot sich den ersten Reisenden, die Tallulah am Morgen des 21. Juli mit der Shreveport-Monroe-Vicksburg-Jackson Pacific Railroad passierten oder dort ausstiegen.

Anhand des von mir zusammengetragenen Materials kann ich guten Gewissens behaupten, dass die fünf Sizilianer niemals eine Verschwörung gegen den Doktor anzetteln wollten, dass sie keiner Geheimgesellschaft angehörten und von Natur aus keine gewalttätigen Menschen waren. Sondern im Gegenteil, dass sie zu Opfern eines Komplotts wurden, den sie in ihrer Arglosigkeit nicht hatten kommen sehen, der sie folglich völlig unvorbereitet traf.

Die Zurschaustellung der Leichen war eine Provokation und ein Akt der Vermessenheit. Wäre der Plan, alle Italiener des Parish zu beseitigen, aufgegangen, wäre auch das Massaker vermutlich gar nicht zur Kenntnis genommen worden. Diese Auffassung vertreten zumindest die Tageszeitung *Vicksburg Evening Post* sowie die in Boston gedruckte Wochenzeitschrift *Harper's Weekly*, die dem Fall die einzige ernsthafte Reportage gewidmet und als einziges Blatt Fotografien von dreien der Opfer veröffentlicht hat. Der Artikel in der *Harper's Weekly* trägt den Titel *Die Schande von Tallulah*, gezeichnet von Norman Walker, der ein bemerkenswerter Journalist gewesen sein muss. Nachdem er daran erinnert hatte, dass die Sizilianer »gebildeter waren als der Durchschnitt der Einwohner von Tallulah«, schloss er seinen Beitrag wie folgt:

> Als 1894 ein Plantagenbesitzer von einem Schwarzen ermordet wurde, hängte man in Tallulah neun

> Schwarze, und kurz darauf wurde ein weiterer Schwarzer gelyncht, weil er einen Weißen getötet hatte. Die heutigen Vorfälle bringen die Tatsache ans Licht, dass es in Madison Parish zu diversen Lynchmorden gekommen ist, von denen bisher nichts bekannt war; einer ereignete sich erst vor wenigen Monaten, im Städtchen Omega.
>
> Als die Italiener vor ein paar Jahren eintrafen, stellten sie für die Bevölkerung des Parish ein wahres Rätsel dar. Sie waren genauso schwierig einzuschätzen wie eine Fledermaus, und alles verkomplizierte sich noch dadurch, dass die Italiener vorwiegend mit den Schwarzen Handel trieben und mit ihnen Beziehungen auf Augenhöhe pflegten. Folglich konnten sie nicht als »Weiße« eingestuft werden und waren zugleich aber gewiss auch keine Schwarzen. Es ließ sich nur schwer festlegen, wie man sie behandeln sollte. Schließlich wurde das Problem gelöst. Ihnen widerfuhr genau jene Gerechtigkeit, die einen Schwarzen erwartet, wenn er einen Weißen angreift oder auf ihn schießt. Lynchjustiz, aber kein Prozess. Die Weißen, die Madison regieren und verwalten, wollen nun mal keine Italiener in ihren Reihen.

Der Plan hätte auch aufgehen können, wären da nicht drei mutige Bürger von Tallulah gewesen. Die beiden Brüder Ward reiten nach Milliken's Bend, um Joe Defina zu warnen. Doktor Gaines, der sofort begreift, dass Hodge nicht in Lebensgefahr schwebt, und erfolglos versucht, wenigstens den Mord an Cirami zu verhindern, erfährt von dem »Edikt« – dem Beschluss, sämtliche Italiener von Madison Parish zu beseitigen. Auch er eilt nach Milliken's Bend, wo die Posse bereits Definas Haus umstellt hat, und bietet sich als Vermittler an. Schließlich gelingt es ihm, für den letzten Sizilianer drei Stunden zu erwirken, um im Kanu zu fliehen und in Vicksburg im Bundesstaat Mississippi Schutz zu suchen. Wo er sich als ein sehr unbequemer Überlebender erweisen wird.

Vicksburg galt damals als kosmopolitische Stadt mit einer wohlhabenden Bürgerschaft. Nach der langen Belagerung durch General Grant hatte ihr Fall die endgültige Niederlage der Konföderierten eingeläutet. Die Stadt selbst gewann bald schon ihre Bedeutung und ihren vormaligen Wohlstand zurück. Sie war auf steil zum Wasser abfallenden Hügeln erbaut (ein Umstand, der unsere Cefalutani bestimmt an ihre Heimatstadt erinnert hat) und hatte sehr eindrucksvolle Bauwerke vorzuweisen. Der Justizpalast aus Marmor und Granit, eine Art Pantheon, beherrschte das Panorama, dazu Kirchen mit Buntglasfenstern, eine der ersten Synagogen Amerikas, Ladengeschäfte, deren Firmenschilder in altgotischen Lettern beschriftet waren; ein Hotel mit zehn Etagen, Kongress- und Versammlungssäle, die große Handelskammer, die Welt der Kasinos auf den im Hafen ankernden Schiffen. Am Flussufer ein Markt, der es mit dem von New Orleans aufnehmen konnte: mit Theken und Tischen voller Obst, Gemüse, Getreide, Sämereien, Fisch und Fleisch, angeliefert von den Loggers, den Frachtkähnen und den kolossalen Dampfschiffen, die trotz ihrer Ladung von zehntausend Ballen Baumwolle fast über das Wasser zu gleiten schienen. Die Vicksburger galten als geschickte Händler und bemerkenswerte Finanzmänner. In der Stadt hatte sich seit dem Krieg eine italienische Kolonie bestehend aus mehreren Dutzend Familien angesiedelt. Die Italiener waren als arme Leute gekommen und wurden in den 1880er Jahren hart von einer Gelbfieberepidemie getroffen, kamen aber wieder auf die Beine.

Giuseppe »Joe« Defatta, geboren 1865 in Cefalù, 1890 ausgewandert nach Louisiana, ermordet in Tallulah, Louisiana, am 20. Juli 1899. Diese Fotografie wurde ebenso wie die beiden folgenden wahrscheinlich 1897 in einem Fotoatelier in Vicksburg, Mississippi, aufgenommen.

1896 hatte die italienische Gemeinschaft anlässlich des Mardi Gras zu einem Maskenball eingeladen, der von den Klatschspalten als der üppigste und eleganteste weit und breit gelobt wurde. Die Italiener rühmten sich der Familie Brunini mit ihrer bedeutenden Anwaltskanzlei; der Gebrüder Romano, den Obstimporteuren; der Familien Pichetto, Guido, Botto. Der italienische König war in diesen weit von der Heimat entfernten Landstrichen vertreten durch den Konsularbeamten und Ordensträger Nat Piazza aus einer Mailänder Familie. Er war der Eigentümer des Hotels Piazza an der Washington Street, der städtischen Hauptstraße, das als Hotel »mit europäischer Ausstattung, einem Kamin in jedem Zimmer, ohne Aufpreis für das Heizen« beworben wurde. Die Geschäfte unserer bescheiden lebenden Defattas waren von Vicksburg abhängig. Sie bezogen nicht nur ihr Obst bei Raphael und

Francesco »Frank« Defatta, geboren 1869 in Cefalù, 1890 ausgewandert nach Louisiana, ermordet in Tallulah, Louisiana, am 20. Juli 1899.

Rosario Fiduccia, genannt »Sy Defichi«, geboren 1862 in Cefalù, 1890 ausgewandert nach Louisiana, ermordet in Tallulah, Louisiana, am 20. Juli 1899.

Vincent Romano, ursprünglich aus Salerno, und deren deutschem Kompagnon, Sol Fried, sondern hatten sich auch an die Gebrüder Romano gewandt, als sie in Schwierigkeiten gerieten. Joe war nämlich von Fried verklagt worden, weil er ihm die Bezahlung einer Warenlieferung schuldig geblieben war; und Frank hatte die Ladenwohnung in Tallulah erworben, sich dabei aber übernommen. Jetzt fehlte das Geld für die fälligen Raten. So ging sein Laden in den Besitz von Raphael Romano über, dem Frank fortan eine Art Miete zahlte. Doch nicht allein das: Frank war ein Angestellter seines Schwagers Defina geworden, der ebenfalls in geschäftlichen Beziehungen zu den Romanos stand. (Anlässlich der Gründung dieser neuen Firmenstruktur begeben sich Defatta und Fiduccia gemeinsam mit Raphael Romano zum städtischen Fotografen, um ihren neuen sozialen Status abzusegnen.)
Als der Überlebende aus Tallulah in Vicksburg an Land ging und die Nachricht überbrachte, handelte es sich für die Romanos nicht nur um eine menschliche Tragödie, sondern auch um einen schweren wirtschaftlichen Schaden.

10 Kreuzabnahme

Sie haben uns heruntergeholt, als die Sonne aufging, wenigstens haben sie uns nebeneinandergelegt. Seht mal: die ganze Familie vereint, es scheint, als wären wir auf dem Fest von Cefalù!

Aber ihr müsst unser Aussehen entschuldigen.

Wie Hunde haben sie uns zwischen vier Holzbretter geworfen. Wir sind schmutzig, liegen halb nackt und zusammengekrümmt da.

Sie haben sich den Spaß gemacht, die Zigarre in unserem Fleisch auszudrücken, uns anzuspucken. Jemand von außerhalb, den wir noch nie gesehen haben, kam mit Kamera und Stativ. Er hat uns als Tote fotografiert, aber er wusste nicht einmal, wer wir waren. Er hat sogar gesagt: Das hier sind keine Nigger. Was sind sie denn? Ah, *Dagos*. Aber es hat ihn nicht weiter interessiert. Wir haben keinen Namen mehr. Das erste Mal, als wir Fotos von uns machen ließen, waren wir ganz elegant gekleidet, mit Hut und Krawatte. Jetzt seht her, wie sie uns zugerichtet haben.

Wir sehen aus wie Tiere.

Erlegte Bestien, Bären aus dem Wald, so sehen sie uns. Wir sind ihre Beute, Mund und Haar voller Erde.

Jetzt stellen sie uns hier ein wenig aus, dann werfen sie uns weg. Sie verbrennen uns, genau wie sie es mit den Schwarzen tun. Kein Friedhof, keine Kreuze, einer so viel wert wie der andere. Alle vergessen. Deshalb passt gut auf, es ist das letzte Mal, dass ihr unsere Geschichte hören könnt.

Ich bin Joe

Ich bin der, den sie Joe nannten. Giuseppe Defatta aus Cefalù. Ich bin es, dem die Ziegen gehörten, die an dieser ganzen Misere schuld sind.

Ich habe meine Familie geschröpft, habe sie in den Ruin getrieben. Ohne mich sind sie jetzt alle am Ende. Ich hinterlasse dem Ort meine Frau und meinen Sohn, er heißt Nicolò, wie mein Vater, Nicolò Defatta. Ich lasse meine Frau Antonina zurück. Nico habe ich viel zu wenig gesehen, er war kaum ein Jahr alt, als wir alle fortgingen. Zehn Jahre!

Ich bin ganz zum Schluss gefallen, in der letzten Runde. Hochmut kommt vor dem Fall. Ich dachte, jetzt rührt dich keiner mehr an, du brauchst keinen Schutz mehr. Ich dachte, ich würde es schaffen, viel hat nicht gefehlt, das Geschäft ging gut. Ich war mit dem Gesetz im Reinen, wir waren ehrliche Leute. Ich habe es schon vor mir gesehen: »Defatta Saloon and General Store«, in großen Lettern an der Mauer, ein Warenhaus wie das meines Schwagers in Milliken's Bend, nur größer, mit der Lizenz für Spirituosen. Ja, ich weiß, dass ich zu hoch geklettert bin, wie die Affen habe ich meinen Hintern gezeigt. Ich habe mit den Dollars in meinen Taschen geprahlt, habe mir einen Sonntagsanzug schneidern lassen und ein Pferd gekauft. Aber alle machten sie den Eindruck, Freunde zu sein, alle haben sie bei Joe gekauft, es ist nicht wahr, dass nur die Schwarzen kamen. Auch die Herrschaften kauften unsere Ware, sie schickten ihre Bediensteten mit Körben.

Ja, das mit den Ziegen, das war ein Fehler, der Doktor ist deswegen an die Decke gegangen. Aber ich war nicht der einzige, der Ziegen hatte. Sie halten sie in Lake Providence, in Delta, ich kenne andere, die Ziegen haben und keinen Ärger bekommen. Und alle halten sie Schweine. Was ist dabei? Es waren gute Tiere, sauber, aus ihrer Milch habe ich Käse gemacht: Für uns, nicht zum Verkauf.
Antonina, meine Liebste, verzeih mir.
Ich habe auch den Doktor um Verzeihung gebeten, und er hat gedacht, ich würde wegen der Ziege Rache nehmen wollen. Welche Rache denn! Ich hatte den lieben langen Tag Zeit, um Rache zu nehmen, wenn ich gewollt hätte. Alle haben mich vor dem Doktor gewarnt. Ich sagte: Was kann mir der Doktor schon tun? Ich dachte, der Doktor wäre ein gebildeter Mann, und Cialli stand auf der Ladentreppe, als er mit Kaufman vorbeiging, und er hat ihn auch gegrüßt. Aber heute hat sich der Doktor auf ihn gestürzt, hat auf ihn geschossen und mit dem Pistolenknauf auf ihn eingeschlagen. Da überkam mich die Wut. Ich ging, um die Flinte zu holen, ich wollte ihm drohen, aber er hat nicht aufgehört, und alle standen um ihn herum und schrien: Mach den *Dago* kalt.
Es war wegen des Ladens, nicht wegen der Rasse. Das habe ich zu spät begriffen. Ich wusste, dass es nur Jagdschrot war, er wusste es auch. Wenn ich ihn hätte umbringen wollen, wäre ich bestimmt nicht zum Haus seines Freundes Kaufman gelaufen, ich habe seiner Frau gesagt: Versteck mich, aber sie hat mich verraten. Sie haben mich im Kaminschacht entdeckt, sie haben auf mich geschossen wie auf eine Katze. Blutüberströmt haben sie mich herausgezogen, und weiter erinnere ich mich an nichts mehr …
Ich habe alles falsch gemacht, Antonina. Von den Schwierigkeiten habe ich dir nichts erzählt, ich wollte dich nicht beunruhigen. Aber ich schwöre dir, ich hatte keine Laster.

Damals habe ich zu dir gesagt: Komm schnell mit Nico nach. Jetzt sage ich dir: Warte, komm nicht, das sind böse Menschen. Sie wollen uns nicht im *business*.
Einige Ersparnisse habe ich dir aber hinterlassen, ich hatte sie versteckt. Du erhältst sie durch deine Mutter in New Orleans. Oder den Mann von Carmela. Ich weiß nicht, was mit ihm passiert ist, aber er muss es geschafft haben und abgehauen sein, denn hier bei uns ist er nicht.

Ich bin Cialli, nicht Charlie
Ich will, dass man mich so erinnert wie bei uns zu Hause: als Cialli. Cialli, das heißt Pasquale Defatta aus Cefalù, genannt Cialli, der Sohn von Nicolò und der ältere Bruder von Giuseppe und Francesco. Und zusammen mit ihnen wurde ich umgebracht.
Ich bin hierhergekommen, da war ich schon ein alter Mann, und die Knochen taten mir weh. Jetzt bin ich vierundfünfzig, und nach Amerika hab ich mich eingeschifft, da war ich fünfzig.
Ich bin Analphabet, ich schäme ich mich nicht dafür. Mein Bruder Giuseppe hat mich extra aus Cefalù kommen lassen, damit ich gewisse Papiere unterschreibe. Ich habe ihm gesagt: Was soll ich denn unterschreiben, wo ich doch gar nicht schreiben kann? Er sagte, das macht nichts, mit zwei Zeugen ist es allemal gültig, und ich habe mein X gemacht, und sie haben es akzeptiert. Giuseppe durfte ja nichts mehr besitzen, das Gericht hat es ihm untersagt, nachdem sein Kompagnon ihn wegen Geld verklagt hat. Deshalb ist sein Geschäft vor dem Gesetz nun meines; ich mache mein X, wenn Giuseppe bei den Brüdern Romano kauft. Ich bin hierhergekommen, nach Tallulah, ich sollte mit anfassen, aber weit und breit gibt es nichts als vier Elendsquartiere und lauter Stechmücken. Ich hatte nicht vor, zu bleiben. Sobald

sich die Sache mit den Anwälten und Gerichten erledigt hätte, wollte ich wieder nach Hause. Und wenn alles dann geregelt war, sollten Giuseppes Frau und Nico nachkommen, der ist jetzt zehn Jahre alt.

Ich habe überhaupt nicht verstanden, was passiert ist, ich verstehe auch die Sprache nicht so gut. Und der Doktor hat mir mit der Pistole den Kopf eingeschlagen!

Hier haben sie ganz andere Sitten als bei uns. Sie essen anders, verwenden ganz viel Butter, und bestimmte Fische aus dem Fluss schmecken nur den Schwarzen. Sie sind wirklich sonderbar. Sie haben eine andere Art, das Land zu bearbeiten, das schönste Land übrigens, das ich je gesehen habe. Dort haben sie nur Baumwolle angepflanzt, nichts als Baumwolle weit und breit! Aber das ist nicht gut, dadurch wird der Boden ausgelaugt. Um die viele Baumwolle zu pflücken, brauchen sie die Schwarzen. Den ganzen Tag in der prallen Sonne schuften, dabei geht der Rücken kaputt. Die Padroni hier sind schlimmer als die bei uns, die Schwarzen pflücken die Baumwolle, so sind sie es gewohnt. Das ist eine Höllenschinderei, eine bestialische Arbeit, und jetzt wollen selbst die Schwarzen sie nicht mehr machen. Und deshalb haben sie uns kommen lassen!

Ich bin Bauer, schon immer sind wir Defattas Bauern gewesen. Wenigstens haben wir Ahnung vom Land. Wenn sie es uns nur überließen, dann würden wir auch hieraus einen Garten machen. Gib mir ein Stückchen Land, und ich zeige es dir: Ich hole die Steine raus, lockere die Erde, ziehe Bewässerungsgräben, und alles wird hier gedeihen. Ich mache es besser, *improved*, wie sie hier sagen. Ich weiß, wie man pfropft, weiß, wie man die Erstlinge zieht. Alle sagen, das geht nicht, aber ich sage, doch, das geht. Die Zitrone kann auch hier wachsen! Aber sie müssen lernen, wie man ihr Wasser gibt, wie man sie eine Weile trocken hält, immer weiter

trocken, bis es ihr wirklich schlecht geht, kein Mitleid … Und erst dann gibst du ihr Wasser! Und zwar alles auf einmal, und du wirst sehen, wie sie wächst. Hier kann man alles anpflanzen: Obst, Grünzeug, Tomaten, Paprika, Auberginen. Aber man braucht die entsprechenden Geräte und das richtige Saatgut. Es ist wie bei uns, der Padrone will nur sehen, wie viel du geerntet hast; er stellt Aufseher neben dich, in Sizilien mit der Schrotflinte, glaube ich, sonst befreit sich der Bauer und läuft davon … Es ist nicht anders als Sizilien, dieses Amerika!
Diejenigen, die heimkehren, erzählen, dass die Straßen aus Gold sind und jeder Tag ein Sonntag, aber das ist nicht wahr. Ich habe New Orleans gesehen, das Sizilianer-Viertel, die Lotterie, den Markt. Und ich schäme mich nicht, es zuzugeben, sie haben mich auch ins Bordell mitgenommen, zur Begrüßung. Es gibt eine ganze Straße voll mit Bordellen, mit Musik und Frauen aller Rassen, schwarze, weiße, gelbe, und Musiker, die Trompete spielen. Es gibt eine Menge Landsleute, sie treiben Handel, fangen Fische. Der sizilianische Fischer hat vom amerikanischen nichts zu lernen, im Gegenteil, er kann ihm noch viel beibringen.
Der Alte war immer noch auf Draht. Der alte Cialli war es nämlich, der die Moneten zu Giuseppe gebracht hat, eingenäht in die Unterhosen, und er hat sich auch um Giovanni gekümmert und den Kleinen von Defina, Matteo. Alle miteinander auf dem Schiff von Palermo, alle miteinander haben sich in den Ozean erbrochen. Und jetzt kann ich es ja sagen: Wir hatten auch die scharfe Salami dabei, um die uns Giuseppe gebeten hatte, für seinen Boss. Aber wir haben sie selbst gegessen, mitten auf dem Meer!
In New Orleans habe ich viele Landsleute gesehen, die ein besseres Leben anstreben, aber die Amerikaner wollen sie nicht, sie sagen, wir sind Afrikaner, sind die Söhne von

Hannibal, dem Feind von Rom und vom Papst. Ich habe gesehen, dass wir Sizilianer zu Hause das Porträt des Königs aufhängen und das von Garibaldi. Aber ich weiß nicht, ob das richtig ist. Was haben die denn für uns getan? Ich war vierzehn, als Peppino Garibaldi nach Cefalù kam, mit eigenen Augen habe ich ihn gesehen. Klein war er, sein Adjutant musste ihm aufs Pferd helfen. Aber wir wurden alle auf die Straße geschickt, um ihm mit der königlichen Flagge zuzuwinken, und die Signori und alle Priester waren da, um ihn zu feiern. Ein schöner Handel, den wir da abgeschlossen haben mit dem König und mit Garibaldi! Nur Steuern und Militärdienst, das war alles, was wir uns eingehandelt haben. Für mich ist die italienische Flagge nur noch ein alter Fetzen.
Ich habe immer noch nicht begriffen, was da gestern Abend passiert ist. Mein Schädel war kaputt, und ich habe mich zu Hause unter dem Bett versteckt, wie ein Kind. Dort haben sie mich hervorgezerrt, ich habe vor Schmerz geweint, aber ich weiß nicht mehr, was ich gesagt habe, ich verstehe ihre Sprache nicht, und sie verstehen mich nicht.
Und dann haben sie mich aufgehängt wie ein Kalb.

Ich bin Frank

Ob ich derjenige bin, der den Christus von Cefalù mit einer Zigarre in der Hand gesehen hat, während sie ihn aufknüpften?
Ja, der bin ich. Es ist wirklich wahr, ich habe ihn gesehen!
Ich bin Francesco Defatta, genannt Frank, geboren vor dreißig Jahren in Cefalù, der jüngere Bruder von Giuseppe »Joe« Defatta. Wir sind alle zusammen nach Amerika gekommen, das ist jetzt schon zehn Jahre her. Mit dabei war auch Giuseppe Defina, der hat Carmela geheiratet, die Schwester von Antonina, das ist die Frau von Joe. Gut, unsere Papiere

waren nicht alle einwandfrei, aber wir haben die Paten bezahlt, und sie haben uns in den Hafen gelassen. In *Norvolenza* kann man für Geld alles bekommen.

Mit dem, was passiert ist, habe ich wirklich nicht gerechnet. Wir waren mit Rosario und Giovanni unterwegs, um Melonen zu verkaufen. Es gab ein Fest bei den Schwarzen, und wir hatten beide Karren dabei. Wir standen den ganzen Tag dort, und niemand hat etwas zu uns gesagt. Wenn wir was mitgekriegt hätten, wären wir sofort zurückgekommen. Ich hätte auch mit dem Doktor gesprochen, man hätte das regeln können, man kann immer alles regeln! Aber Joe hat die Nerven verloren, und alle haben sich gegen uns gewandt. Ich habe nicht erwartet, dass sie uns hier im Ort so hassen, wirklich nicht. Ja, ich weiß von der Sache mit den *Dagos*, das große Lynchen von New Orleans, und dass sie uns als Mafiosi bezeichnen. Aber das waren wir schon gewohnt, ich sage nicht, dass wir darüber Witze machten, aber ein bisschen schon. Ihr seid dreckig! Ihr lebt mit den Ziegen! Alle schmierig! Trotzdem kauften sie bei uns ein, Joes Laden lag ja direkt an der Hauptstraße. Diese Leute hier sind nicht wie wir. Wir wissen, wie man verkauft und wie man handelt. Sie sind besser im Kommandieren. Und wirklich, kaum haben wir den Kopf gehoben, haben sie uns fertiggemacht. Wir haben ihnen das Mehl für zwei Dollar weniger pro Fass gegeben, für Kaffee und Reis haben wir die Hälfte von dem genommen, was die Schwarzen im *Company Store* bezahlen. Kein Wunder, dass sie wütend waren, weil wir ihre Preise unterboten haben! Ich kann es noch immer nicht glauben, dass sie es darauf abgesehen hatten, uns alle umzubringen. Ich war dumm. Da lebst du jahrelang mit Leuten zusammen, und dir fällt nicht auf, dass sie sich auf einmal alle gegen dich wenden. Es ist nicht wie bei uns, wo sie es dich wissen lassen, wo einer kommt und dir einen Rat gibt, und dann überlegst du dir gut, ob du klein beigibst oder Krieg machen willst. Die Leute hier sind seltsam und so abergläubisch! Alles macht ihnen Angst, besonders die Schwarzen. Sie fürchten ihre Rache, weil sie sie als Sklaven gehalten haben, und die Yankees gekommen sind, um sie zu beschützen. Sie haben Angst, dass die Frauen sich von den Schwarzen schwängern lassen, dass sie ihnen Hörner aufsetzen und die weiße Rasse dann erledigt ist. Ich persönlich habe das anders gesehen, ich bin ein optimistischer Typ. Was stört es dich denn, habe ich gesagt, wenn auch ein Schwarzer bei mir sein Obst kauft? Er nimmt es dir ja nicht weg! Das wird noch lange dauern, bis sich diese Leute hier ändern. Außerdem haben sie keine Ahnung. Die Herrschaften, die in den schönen Villen leben, die setzen ihnen diesen Wahnsinn in den Kopf. Sie behandeln sie wie Hunde, sie halten sie an der Leine, und plötzlich lassen sie sie los. Jetzt haben sie ihnen gesagt, dass wir amerikanische Bürger werden und wählen dürfen und dass der nächste Sheriff ein Sizilianer sein wird und die Stadt dann unter dem Kommando der *Dagos* und der Schwarzen stehen wird.

Man hätte besser aufpassen müssen, sie sind in der Überzahl, sie haben den Sheriff auf ihrer Seite. Von wegen sizilianischer Sheriff! Wenn ich etwas zu Sheriff Lucas gesagt habe, hat er mir ins Gesicht gelacht. Man musste im Laden Wache halten, damit sie nicht kamen und alles klauten. Jetzt sieht man ja, wie der Sheriff uns verteidigt hat. Zuerst hat er gesagt: »Ich sperre euch ein, dann seid ihr sicher«, dann hat er sie reingelassen. So ein Mistkerl! Alle waren betrunken, sie haben nur so getan, als würden sie diskutieren. Doch alles war längst beschlossene Sache.

Rosario hat um Gnade gebeten, ich habe zu ihm gesagt, lass sein, sei ein Mann, und fast hätte ich angefangen, zu lachen.

Ich bin Rosario

Ich heiße Rosario Fiduccia, ich bin der Cousin der Brüder Defatta. Wir sind zusammen aufgewachsen, wir waren wie eine einzige große Familie. Bei uns gab es nie Mafiosi, nur ehrliche Leute, Arbeiter.

Wir sind wegen nichts und wieder nichts gestorben, uns wird niemand rächen. Wir kommen nicht aus Familien von Delinquenten, wir wissen nicht einmal, wie man so eine Rache beginnt. Womit hätten wir uns denn rächen sollen? Ein Messer gegen Flinten? Wer muss uns eigentlich rächen? Der König sollte die Truppen gegen die Amerikaner schicken, stattdessen hat er uns im Stich gelassen. Ich spucke auf den König. Und dieser Konsul in Vicksburg, der aus Mailand kommt und sich Ländereien gekauft hat, mit seinem Hotel gleich neben dem Gericht. Wir sind zu ihm gegangen, haben ihn um Hilfe gebeten, aber er hat uns einfach nur ausgelacht. Er will, dass wir wieder zum Baumwollpflücken gehen, ohne Sperenzchen zu machen. Wir sollen uns zufrieden geben, Geld auf die Seite legen und eines Tages etwas kaufen. Aber das ist doch unmöglich!

Wir hätten nicht herkommen dürfen, wir sind zu weit voneinander entfernt, und zu verstreut. Wären wir viele, eine ganze Schar Gleichgesinnter, dann hätte es mit dem Land kaufen vielleicht geklappt. Aber wir sind wenige, jeder ist auf sich gestellt, und somit sind wir nicht stark. Gut, wir können mit unseren Karren umherziehen und Obst verkaufen. Ich habe einen Vetter in der Nähe, Ciccio, auch er ein Fiduccia, er wohnt in Lake Providence, zwanzig Meilen nördlich von hier, ich habe ihn in drei Jahren drei Mal gesehen. Er kann die Plantage nicht verlassen, er sagt, das Wasser bringt Krankheiten mit sich, und wenn du versuchst, zu fliehen, fesseln sie dich. Es gelingt ihm nicht, irgendetwas zu kaufen, sie wollen vierzig Dollar pro Hektar guten Bodens. Und in der

Stadt kostet der Hektar dreihundert Dollar. Wenn wir mehr wären, könnten wir es trotzdem schaffen. Unten im Süden, wo die Erdbeeren wachsen, da ist es ihnen gelungen, und jetzt werden sie von allen im Ort geachtet.
Ich habe nichts gegen Joe, ich habe ihn immer respektiert, ihm immer vertraut. Aber er hat einen Fehler begangen. Es war ein Fehler, sich von den Romanos abhängig zu machen. Das sind nicht einmal Landsleute, sie kommen aus Neapel. Sie riskieren gar nichts, sie wollen, dass wir die Ware, die sie uns verkaufen, gleich bezahlen. Wir waren es, die was riskiert haben, wir waren ihre Angestellten, ohne eigenen Gewinn. Sie haben uns alleingelassen, inmitten blutrünstiger Bestien.

Ich bin Giovanni

Ich bin Giovanni, der Neffe von Frank. Ich bin der Ladenjunge, zweiundzwanzig Jahre alt. Ich habe bei Frank gewohnt, ich war gerade einmal zwei Monate in Tallulah. Ich kann lesen und schreiben, und mir gefällt das richtig. Meine Onkel haben mir gesagt, ich würde ein echter Amerikaner werden und reich dazu, aber ich solle gut aufpassen, in diesen kleinen Orten seien die Leute sehr abergläubisch. Wenn ich beispielsweise im Laden arbeite und eine Frau mir eine Münze gibt, dann darf ich ihre Hand nicht einmal streifen, eher soll die Münze herunterfallen und ich hebe sie dann auf, und so habe ich es auch immer gemacht. Und wenn mich ein Weißer anspricht, dann muss ich die Augen senken, selbst bei den Armen, den Abgerissenen, den Unhöflichen. Gerade die regen sich auf, wenn du ihnen in die Augen schaust. Sie haben mich aber nicht umgebracht, weil ich die Hand einer Frau berührt habe. Mir ist klar geworden, dass sie mich getötet haben, weil ich zur schwarzen Rasse gehöre, weil wir lernen müssen, uns zu benehmen,

wie es sich gehört. Ich bin aber kein Schwarzer, auch wenn ich schwarze Haare und Locken und auch dunkle Augen habe. Meine Haut ist weiß. Fast jedenfalls.
Mr. Bill hat mit allen Mitteln versucht, sie davon abzuhalten, mich zu töten, er ist ein echter Freund. Ich war oft bei ihm, um ihm zu helfen und zu lernen, wie man die großen Landkarten zeichnet und die vom Fluss. Das ist eine herrliche Arbeit, man braucht viel Geduld und muss sehr genau sein. Zunächst zeichnet man nämlich nacheinander die Ländereien ein, die sich an sämtlichen Flussbiegungen hinziehen, dann koloriert man sie in verschiedenen Farben und Schattierungen, und schließlich setzt man mit schwarzer Tinte den Namen des Eigentümers darauf. So geht das. Man nimmt ein Pergamentpapier, groß wie ein Doppellaken, und fängt an, den Fluss zu zeichnen, der wird blau, auch wenn der Mississippi in Wirklichkeit gelb ist, dann koloriert man alle Rechtecke, das sind die Landbesitze, die vielen winzig kleinen und die paar ganz großen. Man muss sehr genau sein, denn diese Karte dient dazu, die Preise für das Land festzusetzen und auch die Steuern, die dafür zu zahlen sind. Am Ende sind die Karten von Mr. Bill große, funkelnde Bilder, sie sehen aus wie Mosaike, ähnlich wie die im Dom von Cefalù.
Mr. Bill war es gelungen, mich festzuhalten, er hat mich verteidigt. Ich habe gehört, wie er schrie: »Er ist unschuldig, er ist mein Gehilfe, er gehört mir, ich schwöre euch, ich bringe ihn weg von hier, und ihr seht ihn nie mehr wieder«, aber all die anderen haben ihn an den Armen festgehalten und ihn gewürgt. Daraufhin haben sie mich gepackt und mich nackt ausgezogen. Es war dunkel, aber sie hatten Fackeln. Sie haben mich in den Hof gebracht, wo ich meinen Onkel Frank sah und Saro, beide aufgehängt, und sie haben mir einen Schlag auf den Kopf versetzt, weil sie nicht wollten,

dass ich schreie oder mich befreie, wenn sie mich hängen. Ich hatte noch Zeit, alle Sterne zu sehen und den Mond, dann habe ich das Bewusstsein verloren. Ich hoffe, dass es wenigstens Mr. Bill gelungen ist, ihnen zu entkommen.

11 Eine Mission im Auftrag des Königs

Joe Defina und sein Sohn Salvatore landeten am Mittag des 21. Juli, einem Freitag, mit ihrem Kanu am Ostufer des Flusses, im dichten Schilf. Die beiden waren in schlechtem Zustand, von der Sonne verbrannt und zu Tode erschrocken. Sie gingen zum Geschäft der Romanos, an der Hafenmole von Vicksburg, und erzählten ihre Geschichte.

Die Romanos zögerten nicht lange und schickten umgehend ihren Anwalt nach Tallulah, um herauszufinden, was ihrer Investition zugestoßen war. Ein Anwalt mit einem gewissen Ruf: Patrick (Pat) Henry, ein schöner junger Mann – wenn man den Fotografien glauben darf. Er ist Nachkomme eines der Helden der amerikanischen Unabhängigkeitsbewegung. Sein Namensvetter hatte die berühmten Worte gesprochen: *Give me liberty or give me death* – Gebt mir Freiheit oder gebt mir den Tod. Die politische Karriere war ihm vorherbestimmt.
Henry traf am Bahnhof von Tallulah ein, entsetzt über das Schauspiel, das die Bürger den Auswärtigen bereitet hatten. Die fünf Leichname, entstellt, die Kleidung in Fetzen, achtlos in Holzkisten geworfen, befanden sich bereits im Stadium

der Verwesung. Der Anwalt spürte die starke Feindseligkeit, die ihm entgegenschlug, aber er erwirkte, dass dem Spektakel ein Ende gemacht wurde, dass die Toten begraben wurden. Zu viele Fragen zu stellen oder Erklärungen zu verlangen, dazu fühlte er sich nicht befugt. Er beschränkte sich darauf, die Rechte der Romanos an Joes Eigentum geltend zu machen, legte die Papiere vor, die den Besitzerwechsel nachwiesen, und erreichte, dass das Haus nicht zu den Vermögenswerten der Opfer gezählt wurde, die zur Liquidation kamen.
(Die Liquidation, von der es kein detailliertes Protokoll gibt, geschah nach seiner Abreise und beraubte die Defattas sowie Fiduccia und Cirami ihres gesamten Besitzes: Erspartes, Tiere, Geräte und Barschaft wurden sofort unter den Bürgern von Tallulah verteilt. Sie waren zuhauf erschienen, gaben sich als Gläubiger aus, stellten ihre Forderungen: praktisch eine Kriegsbeute, die der Soldateska überlassen wurde. Hodge erhielt die Uhr und zehn Dollar für das Pferd. Nichts, nicht einmal die persönlichen Papiere, wurden der Familie je zurückgegeben. Aus dem Kataster von Tallulah erfährt man, dass Joes Laden- und Wohnhaus 1901 von Cristina Romano, Raphaels Ehefrau, für tausendfünfhundert Dollar verkauft wurde. Dort hielt dann der »Zirkel der guten Literatur« unter der Schirmherrschaft von Mrs. Kate Holmes Einzug.)
Pat Henry, der Anwalt, kehrte nach Vicksburg zurück und vermittelte seinen Klienten und der gesamten italienischen Gemeinde das Bild eines finsteren und gefährlichen Ortes. Er riet jedem davon ab, sich dorthin zu begeben. Joe Defina war verzweifelt, sein Sohn Salvatore wurde zu seinem Sprachrohr. Defina fürchtete, sie würden kommen und ihn auch hier ergreifen. Er wollte den Keller, in dem er sich versteckt hielt, nicht verlassen, und zugleich suchte er nach einer Möglichkeit, seiner Sachen wieder habhaft zu werden.

Raphael Romano. Obst- und Gemüsehändler in Vicksburg, Geschäftspartner von Joe Defatta und Joe Defina. Er beglich Joe Defattas Schulden.

Patrick Henry, geboren 1861. Direkter Nachfahre des gleichnamigen Helden des Unabhängigkeitskrieges. Er begab sich als erster von Vicksburg nach Tallulah und machte sich ein Bild von dem Massaker. Später wurde er Bezirksrichter und Kongressabgeordneter für die Demokraten.

Am Freitagabend traf unerwartet ein Italiener aus New Orleans ein. Er stellte sich als Enrico Cavalli vor, Journalist und Herausgeber der Zeitschrift *L'Italo Americano*, mit viertausend in New Orleans verkauften Exemplaren das einflussreichste Organ der italienischen Gemeinde. Sie stand jenem Flügel der Demokratischen Partei nahe, der bereit war, die Italiener auf den Wahllisten zu akzeptieren. Cavalli, ein Mann von äußerst kämpferischem Geist, hatte vom italienischen Konsul in New Orleans, dem Grafen Carlo Papini (noch immer stellvertretend im Amt, nach den Lynchmorden vor neun Jahren), eine Bescheinigung erhalten, in der er hochtrabend als »Gesandter des Königs von Italien« bezeichnet wurde und als solcher legitimiert, die Wahrheit über

den Tod der königlichen Untertanen in Tallulah in Erfahrung zu bringen.
Der Konsul von Vicksburg, Nat Piazza, erkannte in ihm sofort einen, der ihm Probleme machen würde. Und er behielt Recht. Nat Piazza gefielen diese Sizilianer, die es in die Gegend verschlagen hatte, nicht besonders. Ihretwegen war er schon einmal in ernsthafte Schwierigkeiten geraten. Dreizehn Jahre zuvor hatte sich in Vicksburg ein sizilianischer Obsthändler niedergelassen. Er hieß Federico »Frederick« Villarosa, kam aus Palermo, besaß einen Verkaufsstand in der Stadt und wurde beschuldigt, ein weißes Mädchen, Tochter des Direktors des Postamts, belästigt zu haben. Er saß im Gefängnis und wartete auf seinen Prozess, aber draußen hatte sich eine Menschenmenge versammelt, die ihn sofort lynchen wollte. Damals hatte der Bürgermeister Mut gezeigt und die Miliz gerufen, um die Menge auseinandertreiben zu lassen. Die Leute hatten allerdings nur so getan, als würden sie sich zerstreuen. Sobald die Miliz in die Kaserne zurückgekehrt war, wurde das Gefängnis gestürmt. Sie packten Villarosa und hängten ihn. Villarosa war unschuldig, Piazza wusste es genau. Das Mädchen war noch Jungfrau, ein medizinisches Gutachten hatte das bestätigt. Aber Piazza fand sich zwischen zwei Fronten wieder: Auf der einen Seite Rom, von wo sie telegrafierten und ihn beschuldigten, so gut wie nichts unternommen zu haben. Auf der anderen Seite waren da all diese Halbpächter auf den Baumwollplantagen gelandet, denen sie Land versprochen hatten, und die feststellen mussten, dass es kein Land gab, nicht einmal Trinkwasser, und dass sie die Felder nicht verlassen durften. Und was hätte Piazza dagegen tun können? Sie beklagten sich bei ihm, dass man sie reingelegt hatte und sie wie Sklaven behandelte. Aber Piazza schritt nicht zu ihrer Verteidigung ein, sondern neigte eher dazu, Partei für

die Plantagenbesitzer zu ergreifen. Ja, der Cavaliere Piazza, der war bei den Armen nicht besonders beliebt.
Jetzt die Geschichte von Tallulah. Nicht ein Sizilianer, sondern fünf an der Zahl waren es. Und ein sechster, der ihm nun im Nacken saß. Dazu wieder Rom, von wo sie telegrafierten, und dieser Journalist aus New Orleans. Piazza wusste nur zu gut, was es mit diesem Parish auf sich hatte, die Leute dort waren gewalttätig. Er sagte Cavalli auf den Kopf zu, dass man dort nicht unangemeldet auftauchen konnte; dass man zuvor Garantien für die eigene Unversehrtheit von ihnen einholen musste, dass man nicht am Sonntag kommen durfte, was unhöflich gewesen wäre.
Das italienische Konsulat von Vicksburg telegrafierte nach Tallulah. Auch für Joe Defina, der unbedingt zurückkehren wollte, forderten sie Sicherheitsgarantien. Sheriff Lucas war formal einverstanden damit, fügte aber hinzu: »Es hat keinen Sinn, dass er zurückkommt, von seinem Besitz ist nichts mehr da. Und außerdem ist er hier nicht gern gesehen.« Eine Art Kriegserklärung. Piazza hatte keine Lust, Defina, den Mann, der hätte gehängt werden sollen, mitzunehmen, das wäre eine regelrechte Provokation gewesen. Das kam überhaupt nicht in Frage. Schließlich gab sich Piazza einen Ruck und willigte ein, Cavalli am 24. Juli zu begleiten, vorausgesetzt, sie würden noch vor Dunkelheit zurück sein. Kurz gesagt, Nat Piazza kannte seine Pappenheimer, er machte aber Geschäfte mit ihnen, und genau aus dem Grund hatte er Angst, dass sie ihn umbringen würden.
Die beiden Italiener wurden bei der Ankunft ihres Zuges um elf Uhr dreißig am Bahnhof von Tallulah mit allem Pomp in Empfang genommen. Zu ihrem Willkommen war Sheriff Lucas in Begleitung der wichtigsten Bürger der Stadt erschienen. Die Gäste wurden zunächst zum Hotel Tallulah gebracht, dort gab es ein großzügiges Bankett, anschließend

besuchte man die Orte des »Unfalls«. Natürlich stellte Piazza keine peinlichen Fragen, er verlangte auch keine Unterredung mit dem Bezirksstaatsanwalt. Enrico Cavalli entschuldigte sich seinerseits, nur Französisch, kein Englisch zu sprechen. Mr. Kaufman (der Freund von Doktor Hodge) bot sich als Übersetzer an. Sogar Doktor Hodge, der immer noch zu Hause war, sich aber entschieden auf dem Weg der Besserung befand, drückte mit verbundenen Händen die der Gäste. Der Sheriff vereinbarte mit Piazza, dass die Leichen, die man in eine Grube geworfen hatte, in Vicksburg bestattet würden. Piazza übernahm die Kosten für den Transport. Zu einem abschließenden Umtrunk kehrte die Gruppe dann noch einmal ins Hotel Tallulah zurück. Keinem war entgangen, dass Piazza höchst nervös war, jedwede Erklärung einfach hinnahm, sichtlich bemüht, jede Kontroverse zu vermeiden. Während sie im Hotel auf die Freundschaft zwischen Italien und Amerika tranken, fand Piazza endlich Worte. Wenige, doch erschreckende. »Die Personen, die gelyncht wurden, waren Sizilianer, aber keiner von ihnen war gebildet. Ein Sizilianer aus gutem Hause, intelligent, könnte neben den großen Rittern stehen, die Gott zu den höchsten Himmeln begleiten, aber die untere Klasse ist rachsüchtig und blutrünstig.« Der ganze Saal applaudierte wohlwollend, und beim anschließenden Trinkspruch versicherte die Obrigkeit von Tallulah der italienischen Delegation, die Lynchaktion hätte nicht das Geringste mit rassistischer Feindseligkeit gegenüber den Italienern zu tun gehabt.
Doch die braven Bürger von Tallulah hatten Cavalli unterschätzt. Der hatte gekonnt den desorientierten, obendrein der Sprache nicht mächtigen Bürokraten aus Italien gespielt. Ein Trick. Cavalli war nämlich ein guter Detektiv und sehr wohl imstande, die Informationen zusammenzutragen, die ihn interessierten. Er wusste bereits, dass ein Teil der Bevöl-

kerung versucht hatte, den Lynchmord zu verhindern, und zwei Leute, die während der »reizenden« Visite an den Schauplätzen des verwerflichen Vorfalls erschienen waren, machten ihm klar, dass sie ihn sprechen wollten. Cavalli bestellte sie umgehend nach Vicksburg, wo sie sich tatsächlich bereits am nächsten Tag einfanden. Bei dem einen handelte es sich um den Friseur aus der Cedar Street, Mr. Blander. Der zweite war ein gewisser Frank Raymond, ein Wandermaler, halb Anstreicher, halb Maler, der Lattenzäune und Hauswände tünchte, aber auch Porträts des Hausherrn, der Dame des Hauses, der Kleinkinder anfertigte. Beide kannten die Geschichte, und Blander hatte alles aus der Nähe mitangesehen, denn Mr. Wilson, einem der Anführer der Lynchaktion, gehörte der Saloon, der direkt an sein Friseurgeschäft grenzte. Es hatte keinerlei Verschwörung seitens der Sizilianer gegeben. Das Gegenteil war der Fall: Die Händler des Ortes warteten nur auf eine günstige Gelegenheit – und die hatte ihnen Doktor Hodge auf dem Silbertablett präsentiert –, um sich von einer Spezies zu befreien, die sich Tag um Tag als gefährlicher erwies. Leute minderwertiger Rasse, die ihre Türen den Schwarzen geöffnet hatten und die jetzt auch noch das Wahlrecht bekommen sollten.

Die beiden waren zur Aussage bereit – natürlich nicht in Tallulah! –, aber nicht nur das: Sie hatten auch eine Vollmacht der zwei Schwarzen dabei, die für Frank Defatta arbeiteten. Die hatten alles mitangesehen und eine Liste der Lynchknechte aufgestellt.

»Wie kann ich mich mit ihnen in Verbindung setzen? Wie komme ich an die Liste?«

»Die Liste kennen wir«, sagten Raymond und Blander und diktierten Cavalli die Namen.

Cavalli ging damit zu Piazza, der daraufhin noch mehr Angst bekam. Auf der Liste standen die Namen der einfluss-

reichsten Familien von Madison Parish. Wissen Sie, was das bedeutet, Cavalli? Das sind alles Freunde und Verwandte des Staatsanwalts! Cavalli ließ nicht locker: Wir haben Zeugen, wir können eine beeidete Aussage bekommen! Piazza: Kein Notar in Vicksburg würde die Aussagen zweier Schwarzer gegenzeichnen. Außerdem wäre das Einmischung in die Angelegenheiten eines anderen Bundesstaates! Wir sind hier in Mississippi, die beiden in Louisiana. Glauben Sie mir, wir können hier nichts ausrichten.
Cavalli machte auch einen französischen Priester ausfindig, Pater Mahé; der war bereit, gegen Zusicherung der Wahrung seiner Anonymität, als Zeuge auszusagen. Der Geistliche, der in Lake Providence lebte, jedoch über alle Plantagen zog, um den Verpflichtungen seines Amts nachzukommen, versicherte ihm, dass nach seinem Dafürhalten »der ganze Ort, direkt oder indirekt, an der Ermordung beteiligt gewesen war«. Er hielt aber Richter Montgomery, ebenfalls aus Tallulah, für einen ehrenwerten Mann und für unparteiisch genug, um eine Klage anzustrengen. Sofort suchte Cavalli den Richter in Vicksburg auf. Doch als der sich die Geschichte angehört hatte, lehnte er jedes weitere Vorgehen ab. Sein Richteramt in Tallulah, so erklärte er dem Vertreter des Königs von Italien, Enrico Cavalli, vereinbare sich nicht mit seiner Rolle als Zeuge in dieser Angelegenheit.
Nicht nur, dass die Türen sich wieder schlossen, auch Defina traf mit einer üblen Nachricht ein. Einer der beiden Schwarzen, die bei Defatta in Lohnarbeit standen, das heißt einer der beiden Zeugen, war ermordet worden. Das hatte er von seinem Sohn Salvatore erfahren, der sich trotz aller Risiken auf die andere Seite des Flusses gewagt hatte, um von einem Schuldner dreihundertfünfzig Dollar einzutreiben. Bei dieser Gelegenheit war Salvatore auch in Milliken's Bend gewesen und hatte sich um den Verkauf dreier Pferde seines Va-

ters gekümmert, die sich in der Wildnis verloren hatten und von einer freundlich gesinnten Person eingefangen worden waren.
Auch Enrico Cavalli fühlte sich nun nicht mehr besonders sicher. Er nahm den ersten Zug nach New Orleans und sprach dort am 26. Juli in der diplomatischen Vertretung Italiens beim stellvertretenden Konsul Papini vor, um als »Gesandter des italienischen Königs« seine Zeugenaussage abzugeben. Vor allem, um die Namen von besagter Liste zu diktieren.
Drei Tage später, am Morgen des 29. Juli, transportierten die Angestellten der Bestattungsfirma Fisher die fünf Särge auf der Sieben-Uhr-Fähre zu einem stillen Begräbnis über den Fluss. Die Cefalutani wurden auf einer Parzelle des Monumentalfriedhofs beigesetzt, die zehn Jahre zuvor von der italienischen Gemeinde erworben worden war. Es handelte sich um den ersten Akt von Respekt, der den toten Cefalutani in Amerika zuteilwurde. Man begrub sie in der Nähe der konföderierten Offiziere und Soldaten, die – wie man in dieser Gegend sagt – »im Krieg zwischen den Staaten« gestorben waren. Am 4. Juli (dem Unabhängigkeitstag, vor allem aber dem Tag der Niederlage von Vicksburg) legt eine Vielzahl von Bürgern aus ganz Louisiana und Mississippi dort auch heute noch Blumen nieder. Gewiss nicht am Grab unserer Obsthändler, aber zumindest kam es nicht zum Skandal, weil sie nun in nächster Nachbarschaft zu den Konföderierten ruhten. Die Gräber erhielten Holzkreuze, von denen infolge der Witterungseinflüsse und der Überschwemmungen heute nichts mehr übrig ist.
Der Trost der Religion, wie es so schön heißt, wurde ihnen nicht zuteil. Zu jener Zeit war die Sache mit dem katholischen Glauben etwas kompliziert, da die Römisch-Katholische Kirche in Amerika fast ausschließlich den Iren vor-

behalten war, die den Sizilianern, so sagte man, »die Keller ihrer Tempel« überließen. Gleich nach dem Massaker erschien in der *Times Picayune* ein ausführliches Interview mit einem katholischen Priester aus Chicago, der sich im Süden auf Durchreise befand. Er erklärte nicht nur, dass er die Lynchjustiz »zur legitimen Verteidigung der weißen Rasse« billigte, sondern bestritt auch, dass die Sizilianer überhaupt Katholiken seien. Vielmehr würden sie primitiven Kulten anhängen, was soweit ging, dass einige von ihnen sogar schwarze Madonnen verehrten. Bei dieser Gelegenheit prägte der Priester auch einen Neologismus: »mafia-ism« – als eine den Süditalienern eigene politische Ideologie.
Papini, stellvertretender Konsul von New Orleans, und Enrico Cavalli, Vertreter der Königs von Italien, übermittelten die Liste der Lynchmörder an die Botschaft in Washington. Es kann sein, dass einige der Namen falsch geschrieben waren, wie es ja auch zu Schreibfehlern bei den Namen der Opfer kam. Man muss wissen: Damals waren praktisch alle Analphabeten, ob in Sizilien oder in Louisiana.
An erster Stelle, als Kopf, erschien Mr. Rogers, er war es, der dann auch die Posse angeführt hatte, um Defina und seinen Sohn zu töten.
Die anderen waren:

Fred Lichslider,
Edward Stewart,
Mr. Coleman Wilson (er war es, der auf den Baum gestiegen war, um das Seil zu befestigen, der Eigentümer einer Bar, der allen freie Getränke versprochen hatte, sobald die Arbeit vollbracht war, das heißt, nachdem sie auch den armen Giovanni Cirami umgebracht hatten),
Burt Severe,

Tom Nola,
Dave Evans,
Jim Johnson,
Fred Johnson (er war es, der das Seil besorgt hatte),
Scott,
Arden Severe (er war es, der die Schlinge geknüpft hatte),
John Yerger,
Jim Ervesie,
Jim Stone,
Tom Broders,
Fred Broders,
Sam Slank.

Die Zeugen hatten dieser Liste noch die Namen von Paul und Billy Bruse hinzugefügt, zwei Schwarze, die als Zuschauer bei den Lynchmorden zugegen waren und auf jeden Fall bereit wären, ihre Zeugenaussage zu machen.

Gewichtige Namen. Botschafter Fava in Washington leitete sie mit einem Dringlichkeitsvermerk an Staatssekretär Hayes weiter und legte ihm ausdrücklich ans Herz, einzuschreiten. Von Gesetzes wegen hätte der Bezirksstaatsanwalt von Madison Parish angesichts einer solchen Verbrechensmeldung nicht tatenlos bleiben dürfen.

Aber er blieb es, wie zu erwarten. Wenn die Politik und die Machtverhältnisse in Italien und in den Vereinigten Staaten nicht grundverschieden waren, werden sich aller Wahrscheinlichkeit nach sowohl die Mächtigen in Washington als auch der Gouverneur von Louisiana und der Staatsanwalt gedacht haben, dass ihnen diese Liste von Nutzen sein könnte, doch natürlich haben sie sie nicht veröffentlicht. Und das gleiche Schicksal war ihr in Italien beschieden, denn dort bedeuteten die Namen für niemanden etwas – es

war noch immer nichts weiter als eine Geschichte von Ziegen und primitiven Wesen in einem Ort mit einem komischen Namen. Und mit Sicherheit wird kein Abgeordneter die italienische Regierung bedrängt haben, etwas zu unternehmen.
Zwischen Fava und Hayes folgte eine monatelange Katzbuckelei und ein frustrierender Austausch von Mitteilungen, in denen der amerikanische Staatssekretär sich außerordentlich dankbar für die Informationen zeigte, die er über »jene gewissen Italiener«, die Opfer von »Exzessen« geworden waren, erhalten hatte. Jedoch bedauerte er, dass ihm ein Einschreiten seitens der Verfassung verwehrt sei, da er nicht das Recht habe, in die Autonomie des Bundesstaates Louisiana einzugreifen. Der Botschafter erinnerte daran, dass der italienische König für die ihm Untergebenen im Ausland eintrat, und dass die Vereinigten Staaten ein Abkommen unterzeichnet hatten. Der Staatssekretär wies hartnäckig darauf hin, dass drei der Opfer inzwischen amerikanische Staatsbürger geworden waren, oder immerhin ein *animus manendi* unterschrieben hatten, was den Schluss zuließ, dass ihr König ihnen herzlich wenig bedeutete, ja, mehr noch, womöglich lehnten sie ihn sogar entschieden ab, wenn man bedachte, wie sehr sie sich an das neue Vaterland angepasst hatten, an dessen Sitten und Gebräuche, zu denen leider auch die verwerfliche Lynchjustiz gehörte.
Die dahinplätschernde Korrespondenz zwischen den Botschaftern auf dem Rücken fünf erhängter Einwanderer, die sich bereits ein ganzes Jahr hinzog, erfuhr am 29. Juli 1900 eine abrupte Wende, als König Umberto I. von Savoyen im Park von Monza von einem italienischen Anarchisten, Gaetano Bresci, einem Weber aus Paterson, New Jersey, der Welthauptstadt der Seide, erschossen wurde. Dieser war eigens dafür aus Amerika zurückgekommen. Denn sein König

liebte die eigenen Untertanen, das eigene Volk nicht – das war eine Tatsache, die Bresci zu seiner Tat getrieben hatte, denn schließlich hatte der König General Fiorenzo Bava Beccaris, der das Feuer auf zweihundert Streikende in Mailand eröffnen ließ, ebenso wie General Roberto Morra di Lavriano e della Montà, der die in den *Fasci* organisierten sizilianischen Bauern blutig unterdrückte, einen Verdienstorden verliehen.

(Wären sie noch am Leben gewesen, dann hätten die Defattas, da bin ich mir ganz sicher, gesagt: Gut gemacht, Bresci. Sie hatten bereits seit geraumer Zeit begriffen, dass ihr König sie nicht liebte.)

Zur Vermeidung von »Instrumentalisierungen« begab sich Fava sofort zu Hayes und bat ihn um ein offizielles Beileidsschreiben zum Tod von Umberto I. Es traf, unterzeichnet von Präsident McKinley, auch prompt ein: *our beloved King Humbert*. Im Namen dieser Freundschaft empfahl der amerikanische Präsident dem Kongress Ende des Jahres 1900, Großzügigkeit walten zu lassen und die Familien der armen, in Tallulah ermordeten Italiener zu entschädigen.

> Die Ermordung von König Umberto I. hat aufrichtige Beileidsbekundungen seitens dieser Regierung und der Bevölkerung hervorgerufen, und wir nehmen dies ausdrücklich zum Anlass, die italienische Nation der hohen Wertschätzung zu versichern, in welcher wir das Andenken an den verstorbenen Herrscher halten werden.
>
> In meiner letzten Ansprache habe ich ausführlich auf die Lynchjustiz an fünf Italienern in Tallulah Bezug genommen. Trotz der Anstrengungen der Bundesregierung, trotz der Beschaffung von Beweisen gegen die Urheber dieses schweren Verbrechens gegen unsere

> Zivilisation und trotz der wiederholten, vom Bundesstaat Louisiana in Gang gesetzten Untersuchungen kam es bislang zu keinem Strafurteil. Mehrere Grand Jurys nacheinander haben es versäumt, eine Anklage auszusprechen. Die Stellungnahmen der italienischen Regierung angesichts dieses Fehlverhaltens waren sehr gemäßigt und legitim …

Eine edle Rede, aber voller Heuchelei, weil auch er über weitreichende Kenntnisse darüber verfügte, was sich zugetragen hatte. Wahrscheinlich war die Liste auch an ihn gegangen. All das war Präsident McKinley ganz gewiss bewusst, als er im Frühjahr 1901 aus Anlass eines Staatsbesuchs auch nach Vicksburg kam und unter einem dreißig Meter hohen, aus Tausenden von Baumwollballen konstruierten Triumphbogen mit der Aufschrift *Cotton America's King greets America's President* (der amerikanische Baumwollkönig grüßt den amerikanischen Präsidenten) hindurchschritt. Diese Worte sollten ihm begreiflich machen, dass in dieser Gegend selbst er nur zu Gast war.
McKinley überlebte Umberto I. um ein knappes Jahr. Am 14. September 1901 fiel auch er einem Attentat zum Opfer, durch Leon Czolgosz, einen polnischen Anarchisten, ebenfalls aus Paterson, noch einer, der dachte, dass der König sein Volk nicht liebte, und sich voller Bewunderung für Gaetano Bresci von dessen Tat hatte inspirieren lassen.

Die Zeiten änderten sich, das zwanzigste Jahrhundert war angebrochen. In Tallulah wurde die erste Grundschule gebaut – nur für weiße Kinder. Überall wurden *slot machines* aufgestellt, die sogenannten einarmigen Banditen. Die Gesellschaft, die die Spielautomaten betrieb, erhielt die Lizenz im Gegenzug für die Lieferung von Trikots für die örtliche Fuß-

ballmannschaft und hatte ihren Sitz in dem Gebäude, in dem das Geschäft von Joe Defatta gewesen war. Die Emigration aus Cefalù ging unbeirrt weiter. Ein kontinuierlicher Fluss, den es stets zu den Plantagen von Louisiana und Mississippi zog, getrieben von dem Traum, man könne durch harte Arbeit ein Stück Land erwerben.
1909 wurde in Cefalù ein Filmtheater eröffnet. Die ersten italienischen Streifen zeigten Geschichten vom alten Rom und Romanzen, die im Mittelalter spielten. 1915 brachte Hollywood seinen ersten Film heraus. Sein Titel: *Die Geburt einer Nation*. Es war ein Loblied auf eine Gruppe von Helden aus dem Süden, die für die Vorherrschaft der weißen Rasse kämpften: der Ku-Klux-Klan. Er wurde zum größten Kassenschlager in den gesamten Vereinigten Staaten.
Natürlich hatte sich der Ku-Klux-Klan auch in Tallulah etabliert; der Lynchmord an unseren Fünfen hatte dessen offizielle Entstehung nur vorweggenommen. Die fünf Cefalutani und jene, die sie ermordet hatten, waren in dem kleinen Ort wie die zwei Seiten der Medaille die Vorläufer des zwanzigsten Jahrhunderts und seines Kinos gewesen.

Rein aus Neugier habe ich nachgeforscht, ob sich jemand an die Menschen erinnerte, die auf der Liste der Lynchmörder standen. Es waren die Namen von bekannten Familien. Scott hieß eine der wichtigsten Großgrundbesitzerfamilien. Bei den Severe, gleich mit zwei Lynchern vertreten, handelte es sich um ein altes Geschlecht von Verwaltern und Politikern aus der Region. Die anderen waren Händler aus Tallulah, einer von ihnen – Jim Stone – allerdings noch etwas anderes. Nichts weniger nämlich als der Bruder der berühmten Kate Stone Holmes, Aushängeschild der Konföderierten, Eigentümerin der großen Villa von Brokenburn. Und darüber hinaus die Mutter des Bezirksstaatsanwalts William Stone Holmes. (Das heißt: Während der Neffe sich verleugnen ließ, knüpfte der Onkel die Schlinge.) Also all jene, die ins Hotel Tallulah gekommen waren, um Nat Piazza zu applaudieren, der ihnen die Absolution erteilt und im Namen des Königs von Italien den Kelch zu einem Trinkspruch gegen die armen Italiener erhoben hatte.

Es war wirklich naiv von unseren Cavalli, Papini und Fava, die Liste zu veröffentlichen und auch denen unter die Nase zu halten, die sie nicht hätten sehen dürfen. Das Einzige, was sie damit erreichten, war, dass einer der Zeugen sofort umgebracht wurde.

Am geheimnisvollsten schien mir der erste auf der Liste, Mr. Rogers, der Anführer, er galt als der Besessenste. Das *Giornale di Sicilia* hatte sich nicht geirrt, als es davon sprach, dass Frauen mit im Spiel gewesen wären. Nach dem Lynchmord bezeichneten die Lokalblätter Rogers als Rivalen von Frank Defatta, was so weit gegangen sein soll, dass der eifersüchtige Frank ihm eines Nacht aufgelauert hatte, um ihn umzubringen. Rogers, gewarnt, war jedoch einen anderen Weg gegangen.

Na also. Ein Motiv mehr für Rogers. Fünf Jahre später landete ein gewisser Rogers allerdings im Gefängnis von Tallulah, angeklagt, einen gewissen Jesse Brown ermordet zu haben. Beide waren Weiße. Rogers wartete auf seine Entlassung, man hatte ihn freigesprochen. Eine Gruppe von Leuten mietete einen Waggon der Pacific Railroad und ließ an jeder Station der Strecke Monroe–Tallulah Freunde von Jesse Brown zusteigen, die Rogers die Haut abziehen wollten. Was sie auch taten. Sie stürmten das Gefängnis, holten ihn heraus und hängten ihn an einen Telefonmast, danach fuhren sie im selben Zug zurück. Der vielleicht erste und einzige Fall von »Lynchpendelei«. Und einer der wenigen, bei denen ein Weißer gehängt wurde.

Rogers' Witwe Alice ließ die Sache nicht auf sich beruhen und forderte von der Eisenbahngesellschaft Schadensersatz: Da die Bahn die Mörder ihres Mannes ohne Fahrgeld transportiert hatte, war diese der Komplizenschaft am Schaden schuldig, der ihr entstanden war. Sie verlangte fünfzigtausend Dollar. Der Oberste Gerichtshof von Jackson im Bundesstaat Mississippi sprach ihr zehn Jahre später die Summe von siebentausend Dollar zu. Bei mir hält sich der starke Verdacht, dass der Fall Rogers–Brown ein Nachspiel der Affäre Defatta und der Veröffentlichung der Liste war, doch keiner konnte mir viel mehr dazu sagen. Außer, dass Alice Rogers eine ausgesprochen starrsinnige Frau gewesen war.

Der Vorhang fiel. Niemand interessierte sich mehr für die »Vorfälle von Tallulah«. Enrico Cavalli hatte wirklich alles entdeckt, was es zu entdecken gab. Unmittelbare Täter, Auftraggeber und Drahtzieher, Hintergründe und Auslöser des Verbrechens.

Eines Verbrechens, das wegen der Art seiner Ausführung, wegen seiner Rätselhaftigkeit, der *omertà*, der darin verwickelten Politik, des Unmuts der Minderheit, der Gegenwart eines Agent Provocateur, der das angekündigte Massaker entfesselte, der Trägheit der Rechtsprechung, der Ermordung von Zeugen, der unmittelbaren Irreführung der Öffentlichkeit, der den Mächtigen zugesicherten Protektion … aus zehntausend Kilometern Entfernung die Züge und die Statur eines klassischen sizilianischen Verbrechens annahm.

12 Epiloge, oftmals unerwartet

Die Rückkehr des Matrosen

Joe Defina sollte es nie gelingen, den Fluss zu überqueren und an sein Geld heranzukommen. Er fertigte jedoch eine minutiöse Auflistung all seiner Güter und seiner Schuldforderungen an und reichte einen Antrag auf Entschädigung in Höhe von zehntausend Dollar ein, unterstützt – allerdings nur »inoffiziell« – vom italienischen Konsulat in Vicksburg. Als sein Sohn Salvatore 1907 an Geldfieber starb, wurde er auf dem Friedhof von Vicksburg beigesetzt. Noch einmal übernahm die Firma Fisher das Begräbnis, die Kosten betrugen fünfzehn Dollar. Kurz darauf zog der Vater ein Stück weiter nach Norden, in ein Dorf namens Anguilla, wo er bis 1909 lebte. Dann, noch im selben Jahr, kehrte er vierundsechzigjährig nach Cefalù zurück. Seine Akte war zu einem umfangreichen Ordner angewachsen.

Der Bundesstaat Louisiana verweigerte jede Zahlung mit der Begründung, Defina hätte die staatlichen Institutionen beleidigt, da er es trotz der Garantie des Sheriffs, für seine Sicherheit zu sorgen, abgelehnt hatte, nach Milliken's Bend zurückzukehren. Außerdem wurde das Ausmaß des Schadens bestritten. Und dann war ausgerechnet in der Staatskanzlei ein Schreiben seiner Schwägerin Antonina Immiti, genannt Lena, der Witwe von Joe Defatta, eingegangen, das Defina verschiedener Schandtaten bezichtigte. Laut Immiti verließ Defina Milliken's Bend nicht in der Nacht des 20. Juli, sondern vier Tage später! Er hielt sich, wie sie schrieb, nach dem Lynchmord in Tallulah auf und nahm Dinge an sich, die den Ermordeten gehörten und die den Erben nie ausgehändigt wurden. (Hier taucht, ohne explizit genannt zu werden, noch einmal die berühmte Anstecknadel mit dem Brillanten auf, die verschwunden ist.) Erst am 24. Juli hätte er sich auf den Weg nach Vicksburg gemacht. Der amerikanische Konsul in Palermo, der um eine Einschätzung von Definas Persönlichkeit gebeten wurde, gab ein abschätziges Urteil ab und sagte, dass man einem Mann nichts schuldig wäre, »der als einfacher Tagelöhner aufgebrochen und als wohlhabender Landwirt und Immobilienbesitzer zurückgekehrt war«.

Definas Anwalt in Cefalù, Salvatore Giardina, zeigt sich in einer leidenschaftlichen schriftlichen Entgegnung angewidert von den Beschuldigungen der Signora Immiti (»aus Eigeninteresse und ganz unsachlich bezichtigt sie den Schwager erfundener Unterschlagungen«) und erinnert an die Aussage des Anwalts Pat Henry, der Defina am 21. Juli in Vicksburg begegnet war; Henry wurde später dann Kongressmitglied. Nachdrücklich erinnert er auch an die Silbermedaille, die Defina für seine Verdienste in Lissa erhalten hatte.

Dann gibt es weitere Spuren, die zu einem Rechtsstreit um den Besitz von Charles Defatta führen (der hier in der Doppelrolle eines Strohmanns für Joe Defatta sowie für Joe Defina auftaucht), der 1919 in Tallulah ausgefochten wurde. Die Summe der Streitigkeiten belief sich auf siebenhundertfünfundneunzig Dollar.

Milliken's Bend ging bei der Jahrhundertflut von 1927 unter,

Antonina (Lena) Immiti, Ehefrau von Joe Defatta und Schwägerin von Joe Defina, war zur Zeit des Massakers in Cefalù. Sie glaubte weder an die offizielle Version noch an die des Schwagers, mit dem sie einen langen Rechtsstreit ausfocht. 1910 ging sie mit dem zehnjährigen Sohn Nicolò nach New Orleans; dieser begründete dann durch Heirat mit Concetta (Katie) Immiti den amerikanischen Zweig der Defatta in Texas.

der Mississippi verbreiterte sich infolgedessen um etwa eine Meile nach Westen hin. (Sucht man den Ortsnamen heute auf Google Maps, wird er mitten im Fluss angezeigt.)

Die amerikanische »Entschädigung« belief sich auf insgesamt nur viertausend Dollar, ausgezahlt an die Familien von Joe Defatta und Giovanni Cirami. Frank, Cialli und Sy Fiduccia wurden von diesem »Segen« ausgenommen, da sie bereits amerikanische Staatsbürger geworden waren. In ihrem Fall fand das Abkommen zwischen Italien und den Vereinigten Staaten, das den italienischen Bürgern in Amerika Schutz zusicherte, keine Anwendung.

Antonina Immiti, eine augenscheinlich resolute und abenteuerlustige Frau, unternahm zwei Reisen nach New Orleans, 1909 und 1920, aber es geht nirgendwo hervor, dass sie sich je in Tallulah oder Vicksburg aufgehalten hätte. Sie befand sich in Begleitung ihres Sohnes Nicolò, und mit ihm ließ sie sich in Texas nieder. Nicolò heiratete dort dann eine Frau, die ebenfalls aus Cefalù stammte. Die letzte Nachfahrin der Familie Defatta in Amerika scheint Linda Fatta Ott zu sein, sie ist auf Facebook. Linda besitzt noch Erinnerungen an ihren Großvater Nicolò, der bei dem Gedanken an seinen »armen Vater und die armen Onkel« jedes Mal in Tränen ausbrach. Bei ihnen zu Hause hieß es, dass »die Italiener wegen ihres Erfolgs im *business* und ihrer Freundlichkeit gegenüber den Schwarzen den Einheimischen nie willkommen waren«.

Eine Stippvisite in Tallulah, sieben Jahre später
Der italienische Botschafter in Washington, Baron Edmondo Mayor des Planches, unternahm 1906 eine lange Reise durch den Süden der Vereinigten Staaten und publizierte anschließend sein Reisetagebuch. Dort gibt es einige Zeilen, die Tallulah gewidmet sind, sieben Jahre nach den »Vorfällen«.

> Da ich durch Tallulah fahren muss, bitte ich darum,
> die dort verbliebenen Italiener zum Bahnhof zu rufen.
> Für uns ist das ein Ort trauriger Erinnerung …
> [es folgt die knappe Beschreibung der Ereignisse und
> der Lynchaktion].
> Hat jenes kollektive Verbrechen Spuren hinterlassen?
> Und welche? Sind es Spuren von Hass, von Reue?
> Der Bahnhof von Tallulah liegt verwaist. Nur zwei der
> drei dort lebenden Italiener stellen sich vor. Anfangs
> ist ihnen nicht geheuer. Wer ich bin? Wer die sind,
> die mich begleiten, mit einer kleinen Trikolore im
> Knopfloch? Sie wissen es nicht. Als ich sie darüber-
> aufkläre, heitern sich ihre Mienen auf, sie antworten

ungezwungen und respektvoll. Ihre Familien leben in Italien. Sie selbst handeln mit Früchten, Lebensmitteln, *grocery*. Die Geschäfte laufen, es geht ihnen gut. Ihr Kompagnon kümmert sich um den Laden, er ist zu dessen Schutz dort geblieben.
Einer der beiden ist Simone Salvatore Presti, kräftig, brauner Teint, graumeliertes Haar. Er war Korporal im Pionierkorps. Der andere, jung, ein freundliches Gesicht, ist Rosario Tamburo. Ebenso wie ihr Kompagnon Fertitta, ein ehemaliger Soldat, sind die beiden Landsleute der Opfer, aber nicht mit ihnen verwandt. Auf den Lynchmord spielen sie nur indirekt an. Simone Presti kam erst nach dem »Vorfall« nach Tallulah. Tamburo, seit acht Jahren vor Ort, befand sich in Lake Providence, als sich der »Vorfall« zutrug. Beide sprechen Englisch. Tamburo, der nicht als Soldat gedient hat, spricht sizilianischen Dialekt, und nur mit Mühe kann ich ihn verstehen. Um ihr Vertrauen zu wecken, habe ich gesagt, dass ich der Staatssekretär von Crispi war. Presti ruft mit leuchtenden Augen: »Von unserem Francesco Crispi?« Sie wiederholen noch einmal, dass man sie nicht belästigt. Sie besitzen eine goldene Regel: »Respektiere die anderen, dann wirst du von den anderen respektiert.« Ich stimme zu, gebe ein paar Ratschläge: Wer im Haus anderer lebt, soll seine Stimme nicht erheben. Es ist ratsam, vorsichtig zu sein, niemals zu provozieren, und manche Male die Dinge hinzunehmen und zu vergeben. Presti springt auf und zieht einen Rosenkranz aus der Tasche: »Wir sind gute Katholiken.«
Heute Morgen sagte Pater Mahé [der französische Priester, der von Cavalli befragt worden war] öffentlich: »Ich gebe euch mein Ehrenwort als Gentleman und als

Priester, dass es hier keinerlei feindseliges Ansinnen gegenüber den Italienern gibt«. Später, als er auf den schmerzlichen »Vorfall« zu sprechen kam, erklärte er, dass dieser ein Zusammenspiel mehrerer Ursachen war: Der Doktor ein schlechter Mensch; die Lynchknechte betrunken vom Whisky; der benachbarte Staatsanwalt hätte vielleicht rechtzeitig einschreiten können, um das Verbrechen zu verhindern: Er hat aber nicht damit gerechnet oder war ängstlich; seine Wiederwahl stand bald an, vielleicht wollte er das Volksempfinden nicht stören. Der Pater kam am Sonntag nach dem »Vorfall« nach Tallulah und erging sich in bitteren Vorwürfen. Die Gemüter waren noch immer aufgewühlt, man legte ihm nahe, nicht wiederzukommen. Er beachtete die Drohung nicht, und noch heute geht er jeden Sonntag nach Tallulah, um die Messe zu lesen. Inzwischen sei wieder Frieden eingekehrt. Ich habe ihn gefragt, ob die Täter bekannt seien. Ja, aber es gebe keine Beweise, wie bei allen Fällen von Lynchjustiz – keiner weiß von irgendetwas.

Tallulah ist der einzige Ort, an dem sich kein Vertreter der Obrigkeit oder der Prominenz gezeigt hat, um den Botschafter zu begrüßen. Presti wunderte sich darüber. Ich war es zufrieden. Unter den Händen, die ich hätte schütteln müssen, wären vielleicht jene gewesen, die das Gefängnistor aufgebrochen, den Strick geknotet und die Revolver gezogen hatten. Als das Signal zum Aufbruch gegeben wurde, schwenkten Presti und Tamburo ihre Hüte und riefen: »Ein Hoch auf die Vereinigten Staaten, auf Italien, auf das Haus Savoyen!«

Die Brüder Sam und Joe Scurria

Außer Presti, Tamburo und Fertitta, denen der Botschafter Des Planches 1906 begegnet war, sind in den Statistiken der Jahre 1908 und 1909 in Madison Parish neunzig italienische Familien verzeichnet, alle Halbpächter auf der Killerney Plantage in Duckport. Abgesehen von einigen, die Schweine halten, gibt keine dieser Familien irgendwelchen Besitz an. In der statistischen Erhebung von 1910 taucht die gesamte Kolonie nicht mehr auf.

Heute aber ist Cefalù in Tallulah durch etliche Familien sehr präsent (keine davon ist mit den Defattas verwandt). Dank ihrer lässt sich der Beginn einer dauerhaften Ansiedelung von Cefalutani im Ort rekonstruieren. Er fällt ins Jahr 1910, als zwei Brüder, Sam und Joe Scurria, ihr Lebensmittelgeschäft eröffneten (das Ladenschild ist auf den Fotografien von damals zu sehen). Sam hatte die übliche Prozedur durchlaufen: Plantagen, Flucht, im Norden dann Aufstieg zum Straßenhändler, der Obst verkauft. Er hatte sich zuerst in Monroe niedergelassen, als Angestellter bei einem gewissen Messina, dann war er nach Tallulah gezogen und ließ seine Frau Maria Ilardo nachkommen. Einige erinnern sich noch daran, dass er seinen Handel zu Beginn in einem verschrotteten Schulbus eröffnet hatte, andere, dass er mit einem Eselskarren vor den Toren der Plantage gestanden und gerufen hatte: »Here comes the Dago! Buy from the Dago!« Sam hatte zehn Kinder, sein Bruder Joe sieben. Sam Scurrias Leben änderte sich durch die geschäftliche Verbindung mit dem Chinesen George Wall und dem Juden Mertie Bloom. Nachdem der Widerstand des Stadtrats überwunden war, eröffnete er um das Jahr 1920 in Tallulah zusammen mit ihnen das erste große öffentliche Lokal, mit einem achtzehn Meter langen verzinkten Tresen und der Lizenz zum Ausschank von Alkohol (der Lieferant war Galliano aus New Orleans).

Bloom ging noch weiter und eröffnete die erste *mall*, eine Galerie, auf der sich verschiedene Geschäfte aneinanderreihten. Sie gilt als kommerzieller Prototyp dieser Art in den USA. Zusammen mit der Familie Scurria trafen viele andere Cefalutani in der Gegend ein: die Familien Ilardo (sie wurden zu Velardo), Sanfilippo (Philips), Nicolosi (Nichols) und Cangelosi. Die Scurrias erwarben Land und riefen weitere kommerzielle Aktivitäten ins Leben, ihre Kinder und Enkel wurden Intellektuelle und Lehrer. Vincent Scurria diente während des Zweiten Weltkriegs als Leutnant in Europa und erhielt zwei Tapferkeitsauszeichnungen, den Silver Star und den Bronze Star. Philip Scurria (er hat das Familienunternehmen vor kurzem an eine libanesisch-saudische Gruppe verkauft) erinnert sich daran, wie er als Kind 1952 in Cefalù war. Er erinnert sich an das Blumengeschäft seiner Familie, daran, dass es keinen Strom gab, kein fließendes Wasser und an den Häusern noch immer Bombeneinschläge aus dem Krieg zu sehen waren. Seine Eltern waren zur Audienz bei Papst Pius XII. gewesen, der ihnen seine Kappe geschenkt hatte.
Heute zählt Tallulah siebentausenddreihundert Einwohner, siebenundsiebzig Prozent davon sind Schwarze.

Cefalù in Louisiana
Der Beitrag eines Städtchens wie Cefalù zur Geschichte von Louisiana war dramatisch und von grundlegender Bedeutung. Dramatisch meint die Tatsache, dass sieben Cefalutani (fünf in Tallulah und zwei in Erwin, im benachbarten Mississippi) gelyncht wurden. Seine wirtschaftliche Bedeutung verdankt sich vor allem dem kommerziellen Erfolg der Familie Vaccaro d'Antoni, die fast alleine das Importmonopol für Früchte aus Mittelamerika in Händen hielt. Sie rief die Standard Fruit ins Leben, rüstete eine moderne Handelsflotte

aus und gründete in Honduras sogar eine kleine Stadt, der sie den Namen Cefalù gab. Die Standard Fruit musste sich dann der übermächtigen Konkurrenz der United Fruit beugen, die wegen der Unterstützung der Diktatoren der sogenannten Bananenrepubliken und durch die Erfindung der Marke Chiquita in die Geschichte einging. Cefalutani sind auch Angelo Brocato (er brachte das Fruchteis nach New Orleans) und Vincenzo Muffoletto, der Erfinder des *panino*. Das nach ihm benannte *Muffoletta Sandwich* (Wurst, Paprika, Tomate, Provolone-Käse zusammen in einer *focaccia*)* war für die Arbeiter eine komplette Mahlzeit, und die verzehrten sie auf der Fahrt zur Arbeit, nicht etwa in der Kantine. 1887 wurde in New Orleans die Società Italiana di Mutua Beneficenza Cefalutana ins Leben gerufen, eine Wohltätigkeitsgesellschaft, die sich 1908 am Bau einer *Italian Hall*, einem großen Gebäude für öffentliche Kundgebungen beteiligte. Während des Ersten Weltkriegs sammelte die Gesellschaft Geld für »die Verteidigung der Stadt Cefalù«, einschließlich des Kaufs einer Kanone.
Im Jahr nach dem Massaker von Tallulah wanderten sogar sechshundertzwanzig Bürger von Cefalù nach Louisiana aus.

Der Skandal der neuen Sklaverei und der Bericht Quackenbos

1907 erfuhr man auch in Italien von den Ausmaßen der Migration der Sizilianer nach Louisiana und Mississippi zu den Plantagen, als ein Funktionär aus Washington diese Landstriche inspizierte und dem Justizministerium seinen Bericht über die schrecklichen Bedingungen der »neuen Sklaverei« vorlegte, die dort anzutreffen waren.

* Ursprünglich hieß dieses sizilianische Weichbrot, von dem jeder Ort in Sizilien seinen eigenen Typ hatte, *muffulettu*. Aber wie es für alle italienischen Einwanderer und ihre mitgebrachten Güter in den USA zutraf, wurde auch sein Name amerikanisiert, und aus dem weichen Brot mit Sesam bestreuter knuspriger Kruste wurde ein Sandwich mit üppiger Füllung. [Anm. d. Übers.]

Bei dem Verfasser dieses Berichts handelte es sich um eine absolut ungewöhnliche Frau, laut Beschreibung in der *New York Times* war sie »hochgewachsen, sehr schön und immer schwarz gekleidet«. Sie, Mary Grace Quackenbos, eine New Yorker Anwältin, hatte eine Rechtskanzlei zur kostenlosen Verteidigung der Armen gegründet und war später als erste Frau ins Justizministerium berufen worden. Quackenbos hatte Hinweise auf Personen erhalten, die in den Südstaaten »verschwunden« waren, und so machte sie sich ganz allein auf den Weg, um der Sache nachzugehen. Es gelang ihr, sich mithilfe verschiedener Tricks und Täuschungsmanöver Zugang zu den Plantagen zu verschaffen. Sie dokumentierte die dortigen Lebensbedingungen und die Methoden der großen Plantagenbesitzer. Der Bericht, dessen Veröffentlichung die Landbesitzer zwar verhindern konnten, gelangte vertraulich in die Hände des italienischen Botschafter Des Planches; und auch er reiste dorthin, um sich mit eigenen Augen ein Bild von den Fakten zu machen. Tausende von italienischen Bauern, angelockt von der Aussicht auf Landerwerb, unterstanden der *debt peonage*, der Schuldknechtschaft. Sie lebten nicht nur unter den miserabelsten Bedingungen und hatten verseuchtes Wasser, sondern waren noch dazu auf Wucherdarlehen angewiesen (mit einem Zinssatz von zehn Prozent, egal ob für eine Laufzeit von einem Monat oder einem Jahr), die sie nicht zurückzahlen konnten. Bis die Schulden nicht restlos beglichen waren, blieb ihnen keine andere Wahl als durchzuhalten, bewacht von einer bewaffneten Organisation, die sie an der Flucht hinderte. Man entdeckte, dass es dort weitere Lynchmorde gegeben hatte, von denen nichts an die Öffentlichkeit gelangt war; unter den Opfern waren Giovanni und Vincenzo Serio (auch sie aus Cefalù!), die am Rand der großen Sunnyside-Plantage in Greenville, Mississippi, gehängt worden waren. Sunnyside, elftausend Hektar

Mary Grace Quackenbos Humiston. Rechtsanwältin in New York und Verteidigerin der Armen bei Rechtsstreitigkeiten. Als erste Frau gehörte sie der Bundesanwaltschaft an. Man nannte sie auch den amerikanischen »Sherlock Holmes«; 1907 hielt sie sich inkognito auf den Plantagen von Mississippi auf und dokumentierte das Phänomen der Neo-Sklaverei der italienischen Einwanderer.

Baumwolle, gehörte Senator LeRoy Pierce und galt als Modellversuch, der sich über das gesamte Mississippi-Delta hätte ausbreiten und mit dem Wegzug (»ohne Gewaltanwendung«) der Schwarzen und deren Ersetzung durch Zehntausende italienischer Einwanderer abgeschlossen sein sollen. Der Hinweis auf den Bericht und die Überprüfung der Arbeitsbedingungen veranlassten die italienische Regierung zum ersten Mal, Maßnahmen zu ergreifen. So wurde insbesondere die Propaganda zur Förderung der Auswanderung verboten, und in ganz Italien warnten Plakate an Bahnhöfen und Häfen davor, nach Mississippi zu emigrieren. Auch eine Broschüre war im Umlauf: »Geht nicht nach Mississippi, Land der Sklaverei und des Gelbfiebers.« Der Strom kam zum Erliegen, und alle, denen es möglich war, verließen diese Gegend. Österreich, ein anderes Land, in dem Pierce nach Auswanderungswilligen suchte (diesmal für Kommandopositionen), untersagte seinen Bürgern die Emigration nach Mississippi.

Der Sizilien-Bericht von Booker Taliaferro Washington

Eine häufig gestellte Frage der Nachkommen italienischer Einwanderer, mit denen ich gesprochen habe, war die nach den Lebensbedingungen im damaligen Sizilien. Meine Gesprächspartner hatten Mühe, sich vorzustellen, wie jemand in das Inferno der amerikanischen Plantagen auswandern konnte. Und tatsächlich gibt es in Italien nicht viel Material darüber. Eine der gründlichsten Studien zur sizilianischen Misere wurde paradoxerweise von einem ehemaligen amerikanischen Sklaven vorgelegt.

Booker Taliaferro Washington kam 1856 als Sohn einer Sklavin und eines Weißen in Virginia zur Welt. Lincolns Gesetz befreite ihn aus dem Sklavenstand, so dass er die Möglichkeit hatte zu studieren. Das tat er auch und wurde danach Professor und schließlich Rektor an der ersten Universität für Afroamerikaner, der Tuskegee University in Alabama. Booker T. Washington wurde ein angesehener Pädagoge, Schriftsteller und Redner im Kampf für freie Bildung für die schwarze Bevölkerung ebenso wie für die Agrarreform in den Südstaaten. 1909 unternahm er eine Reise durch Europa, um die Arbeitsbedingungen auf dem alten Kontinent zu dokumentieren und praktikable Lösungen für die Emanzipation der Bauern und Arbeiter zu finden. In vieler Hinsicht war seine Reise das Gegenstück zu der von Alexis de Tocqueville durch Amerika. So wie Tocqueville, ein französischer Adliger, die neue amerikanische Demokratie bekanntmachen und ihr Funktionieren aufzeigen wollte, suchte ein ehemaliger Sklave nach Ideen sozialen Fortschritts auf einem Kontinent, auf dem die Sklaverei seit langem abgeschafft war. Booker T.

Washington schrieb über Sizilien (eine Insel, die ihm als Wiege des griechischen Denkens sehr am Herzen lag) Folgendes:

> Nicht der Schwarze ist das menschliche Wesen, das auf der untersten Stufe in der Gesellschaft steht. Die Lebensbedingungen des farbigen Bauern in den rückständigsten Gebieten der Vereinigten Staaten von Amerika sind selbst dort, wo dieser nur eine minimale Ausbildung erhält und kaum Ermutigung zur Verbesserung seiner Situation erfährt, zweifellos besser als die Voraussetzungen und Chancen, die der Landbevölkerung von Sizilien geboten werden.

Ihm sprangen sofort das Potenzial der sizilianischen Ländereien, die beständigen Reichtum generierten, und das ungerechte Verteilungssystem der Erträge ins Auge. Er erstellte eine exakte Tabelle mit den vielen Posten zum Vorteil des Padrone und den extrem wenigen zum Vorteil der Bauern. Die Unverhältnismäßigkeit der prunkvollen Paläste der müßigen Landbesitzer, vergleichbar mit denen in Irland, bewegte sein Gemüt; er war »niedergeschmettert« von den Bedingungen, unter denen die Kinder in den Schwefelminen von Campofiorito arbeiten mussten, und er erkundigte sich haarklein, womit die Familien erpresst wurden, damit sie ihre achtjährigen Kinder zwölf Stunden am Tag schuften ließen. Booker T. Washington sah, was die italienischen Schriftsteller, Journalisten und Politiker nicht sahen. Er habe nie zuvor einen Ort gesehen, schrieb er, der so getränkt war von körperlicher Mühsal und Qualen der Massen von Armen (und vor allem der Kinder). So erklärte sich also die massive sizilianische Auswanderung: Jede Hölle war besser als die, in der sie lebten.

Die Dagos und ihr Weißwerden

Die *Dagos* von Louisiana begannen Ende der 1920er Jahre, »weiß zu werden«, als sie in steigender Zahl zur Wahl zugelassen wurden. Zu ihrer Rehabilitierung trug vor allem Huey P. Long bei (er schaffte die Wahlsteuer ab und sicherte sich auf diese Weise die Stimmen von dreihunderttausend armen Weißen). Er wurde zunächst Gouverneur, dann Senator in Washington und kandidierte gegen Roosevelt für das Weiße Haus, bevor er 1935 einem Attentat zum Opfer fiel. Noch heute gilt er in Louisiana als Legende. Long, ein den Sozialisten nahestehender Populist, belegte Ölprodukte mit erhöhten Steuern und finanzierte eine große Anzahl öffentlicher Arbeiten. Auf nationaler Ebene schlug er die Konfiszierung von Gütern vor, deren Wert fünfzig Millionen Dollar überstieg. Eine einzige staatliche Bank, für jeden ein Haus, ein Auto, ein Radio und mit sechzig die Rente für alle. Er war unvorstellbar korrupt und zögerte nicht, die Nationalgarde in Stellung zu bringen, um seine politischen Gegner einzuschüchtern und die Wahlen zu manipulieren. Er schloss einen Pakt mit dem berühmten sizilianischen Mafioso Lucky Luciano, der von Bürgermeister Fiorello La Guardia aus New York verbannt worden war. Long gestattete ihm, im Bundesstaat Louisiana Tausende von *slot machines* aufzustellen – gegen eine Beteiligung von zehn Prozent an der Million Dollar, die sie einspielten. Luciano stellte Long eine Gruppe von Leibwächtern zur Verfügung. Sie waren es dann, die einen jungen Arzt, der Longs Nähe suchte, um ihm ein Protestschreiben zu übergeben, mit Kugeln durchsiebten. Eine davon traf jedoch den Gouverneur und tötete ihn. Das geschah in Louisianas Regierungssitz in Baton Rouge, einem monumentalen Gebäude in ägyptischem Stil, direkt vor einem mit Blattgold ausgekleideten Fahrstuhl, der ausschließlich vom Gouverneur benutzt werden durfte. Den Italienern von New Orleans, durchweg Anhänger von Long, gelang es 1936, ihren Kandidaten Robert Maestri – sein Vater war Sizilianer, die Mutter Albanerin – als Bürgermeister durchzusetzen. Zehn Jahre lang regierte er die Stadt.

Als einzigartig erwies sich das »zweite Leben« von Charles Matranga, dem Mann, der als Drahtzieher des Komplotts zur Ermordung Hennessys galt, der großen Lynchaktion jedoch entging. Nachdem er eine Zeit lang aus dem Blickfeld verschwunden war, nahm er seine Arbeit im Hafen von New Orleans wieder auf und blieb dort bis 1918 als einfacher Dockarbeiter für die Standard Fruit. Für die Justiz war er mittlerweile uninteressant geworden. Volkes Stimme aber bezeichnete Matranga, der nach außen hin ein unauffälliges Leben führte, als Kopf des Mafiaclans von New Orleans und als solcher »Millionaire Charlie« genannt. Er starb 1943 im Alter von dreiundachtzig Jahren. An seinem prunkvollen Begräbnis nahmen die Direktoren und das Personal der Seehandelsgesellschaften, der United wie der Standard Fruit und der Gewerkschaftsverbände des Hafens teil.

Der sonderbare Fall des Giovanni Pascoli

Im November 1911 betrat der Dichter Giovanni Pascoli, zu dieser Zeit einer der großen italienischen Stars, umgeben von einer jubelnden Menge das Theater von Barga, einer kleinen toskanischen Stadt, die er sich zum Wohnsitz auserkoren hatte, und hielt eine denkwürdige Rede zugunsten der Entsendung italienischer Soldaten zur Eroberung von Libyen. Eine unerwartete Rede – sie ging mit ihren ersten Worten: »Die große Proletarierin hat sich bewegt« in die Geschichte ein; Pascoli – ein Sozialist, eigentlich kein Interventionist, kein Nationalist – trat für das Recht Italiens auf Eroberung afrikanischer Gebiete ein.

»Die große Proletarierin hat sich bewegt. Zunächst schickte

sie ihre Arbeiter fort, es waren ihrer zu viele, und für viel zu wenig mussten sie arbeiten. Sie schickte sie über die Alpen und nach Übersee, sie ließ sie Landengen durchschneiden und Tunnel durch die Berge graben ... Die Welt hatte sie zum Schuften antreten lassen, die italienischen Arbeiter. Und je mehr sie sie brauchte, desto weniger zeigte sie es und zahlte ihnen kaum etwas und behandelte sie schlecht, verpasste ihnen Schimpfwörter: Schlitzohren! *Gringos!* Zigeuner! *Dagos!* Sie, die Landsleute des Mannes, der Amerika entdeckt hat, waren eben dort beinahe zu Schwarzen geworden und wie die Schwarzen wurden sie zuweilen von Gesetz und Menschlichkeit ausgeschlossen, sie wurden gelyncht ...« (Sie hätten gut zugehört, unsere Defattas, und hätten sich gegenseitig mit dem Ellbogen angestoßen: Er spricht von uns! Wir sind berühmt!)

Pascolis Rede endete mit den Worten, dass unsere Arbeiter nun Land in einer »weiten Region« bekommen würden, »umspült von unserem Meer, auf das wie vorgeschobene Wachposten kleine, uns gehörende Inseln blicken; dieser Region reckt sich voller Ungeduld unsere große Insel entgegen ...« Dem Beispiel des alten Rom folgend, würden sie Gegenden kolonisieren, die von einer »trägen« Bevölkerung bewohnt seien.

Und so geschah es. Mit dem Segen eines sozialistischen Dichters – der darauf gehofft hatte, dass Garibaldi Lincolns Truppen anführte – zogen wir los, um Libyen zu erobern, was bestimmt besser war, als uns in Louisiana lynchen zu lassen. Im Namen unserer Vergangenheit, im Namen von Dante, Kolumbus, dem Heiligen Martin und der Schlacht von Calatafimi*. Giovanni Pascoli war ein großer Meinungsmacher.

* Am 15. Mai 1860 schlugen Garibaldis Truppen nahe Calatafimi die bourbonischen Streitkräfte unter General Landi: historisch und politisch für das italienische Risorgimento und den entstehenden Nationalstaat von großer Bedeutung. [Anm. d. Übers.]

Die italienischen Rassenlehren

Nach der Periode der Kriminalanthropologie und der Definition der Bevölkerung des Südens als »minderwertige Rasse« schlugen die italienischen Rassenlehren einen neuen Kurs ein und legten fest, dass alle Italiener einer »arisch-mediterranen« Rasse angehörten, die das Römische Reich als ihren Mittelpunkt hatte. Der afrikanische Einfluss wurde heruntergespielt. Als die Faschisten 1922 an die Macht kamen, wurde bis zur Proklamation der Rassengesetze von 1938 hingegen die Idee einer einzigen italienischen Rasse kultiviert. Ein von zehn Wissenschaftlern auf der Grundlage des »biologischen Rassismus« erarbeitetes Manifest legte fest, dass die Italiener der reinen arischen Rasse angehören und bestritt die Existenz einer mediterranen Rasse, die semitische oder hamitische Bevölkerungen einschließt. Schlussfolgerung: Die Juden gehören nicht zur italienischen Rasse. Die physischen und psychologischen Charakteristika der italienischen Rasse dürfen nicht entstellt werden.

In nur zwanzig Jahren hatte die italienische Forschung ihre Ansichten geändert.

Die Konsequenzen des Rassenmanifests sind allen bekannt.

Die amerikanischen Rassenlehren

In Amerika dagegen blieb die Rassendiskriminierung der Farbigen (sanktioniert 1896 durch das Urteil des Obersten Gerichtshofs im Streitfall Plessy gegen Ferguson) bis 1954 in Kraft. Was die Italiener betraf, übernahm das Lexikon der Rassen, das Ende des neunzehnten Jahrhunderts erschienen war, die Theorie der zwei Italien: im Norden das mit keltischer Rassenabstammung, im Süden das mit afrikanischer. Die Bevölkerung des Südens galt als minderwertige Rasse und wurde bei der Einwanderung diskriminiert. (Es ist interessant, sich die unterschiedlich gezogene Rassengrenzlinie zwischen Nord und Süd anzusehen. Für einige verlief sie bei Rom, für andere bei Florenz, für wieder andere sogar bei Genua.) Die Italiener des Südens wurden auf einer niederen Entwicklungsstufe angesiedelt und als weniger intelligent betrachtet.

Dass es sich bei den Süditalienern um Afrikaner handelte, war in Amerika eine recht verbreitete Vorstellung; man bedenke, wie Malcolm X – der schwarze islamische Revolutionär der 1960er Jahre – den italienischstämmigen Amerikanern die Invasion Italiens durch Hannibal wieder in Erinnerung gebracht hat: »Kein Italiener kann aufspringen und mich beleidigen, denn ich kenne seine Geschichte. Ich sage ihm: Wenn du mit mir sprichst, sprichst du mit Papa, mit deinem Vater. Er kennt deine Geschichte und weiß, woher du diese Hautfarbe hast.«

Thanks to alla frienda

Meiner Frau Cecile, die mich nach Tallulah gebracht hat.

Cynthia Savaglio, die an der Universität von Tampa, Florida, unterrichtet, sie ist mit Sicherheit die beste Kennerin der »Vorfälle« von Tallulah. Sie hat mir großzügig ihre umfangreichen Forschungen zur Verfügung gestellt, meine Arbeit begleitet und viele meiner Irrtümer korrigiert.

Den Bürgern von Tallulah: Suzanne und Albert Paxton, Kay und Calvin Adams, Philip Scurria, John Earl Martin, Bucky Weaver, Catherine Hodge, Carol Ann Priest, Charles Michael Finlayson.

Dick Sevier, dem Historiker von Madison Parish, er ist der Kurator der Website *Madison Parish, Louisiana*, einer reichhaltigen Fundgrube von Notizen, Daten, Karten, Fotografien, mit seiner Hilfe konnte ich die berühmte Liste der an der Lynchaktion Beteiligten entziffern.

Hinsichtlich Bürgerkrieg, Rassentrennung und amerikanischer Geschichte im Allgemeinen verdanke ich sehr viel den Gesprächen mit Phil Ryan, Jeffrey Klein, Michael Castelman, Randy Alfred, Jerry Barrish, Dan Hubig, Andrew Moss, Larry

Gonik, sie alle gehören der »San Francisco Lunch Group« an.

Ein besonderer Dank geht an Frank Viviano, der die Entstehung dieses Buches ermutigend begleitet hat.

Marzia Cristina, Anwältin und Schriftstellerin. Sie war mein Bezugspunkt in Cefalù, sie hat Verwandtschaftsbeziehungen, Dokumente, Daten und das gesellschaftliche Klima jenes Zeitraums rekonstruiert. Marzia setzt eine Arbeit der Erinnerung und der Forschung über ihre Stadt fort, die von ihrer Mutter Angela Diana Di Francesca begonnen wurde.

Gabriele Marino, der in den Archiven von Pater Nico, ebenfalls ein Historiker aus Cefalù, die juristische Dokumentation über die Wechselfälle ausfindig gemacht hat, die auf Giuseppe Definas Rückkehr folgten.

Giuliana Adamo, die mich vor recht langer Zeit auf eine Verbindung zwischen Vincenzo Consolo und dem Museum von Mandralisca aufmerksam gemacht hat, die sehr hilfreich für mich war.

Giancarlo Macaluso und Luca Candurra; sie haben die Artikel des *Giornale di Sicilia* ausgegraben, was nicht einfach war.

Bei den Recherchen zur italienischen Emigration nach Louisiana und Mississippi und zur Entstehung der italienischen Rassenlehren erhielt ich Unterstützung von Francesco Durante, Fabio Levi, Mariele Merlati, Giuseppe La Greca, Ernesto und Fulvia Melluso, Maria Teresa Milicia, Francesco Cassata, Silvano Montaldo.

Ein wichtiger Essay über den italienischen Beitrag zum amerikanischen Rassismus ist *Cranium, criminals and the Cursed Race in American Racial Thought 1861–1924* von Peter D'Agostino, verfasst für die University of Illinois, 2002.

Eine Analyse der Theorien von Cesare Lombroso im Licht der Polemik, die von der neobourbonischen italienischen Bewegung entfacht wurde, findet sich in dem brillanten Essay von Maria Teresa Milicia: *Lombroso e il brigante. Storia di un cranio conteso*, Salerno editrice, 2014.

Die sizilianische Emigration nach Louisiana wurde eingehend von Anthony V. Margavio und Jerome J. Salomone in *Bread and Respect* behandelt, erschienen bei Pelican, 2002.

Die Recherche zur »amerikanischen Seite« wird heute durch den raschen Zugang zu Informationen im Internet erleichtert, wo man beispielsweise auf der Website *Chronicling America* – ein Jahrhundert später! – zum Leser von etwa siebenhundert Zeitungen werden kann, die 1899 in den USA gedruckt wurden. Die Library of Congress hat alle offiziellen Dokumente zu den diplomatischen Beziehungen zwischen Italien und den USA leicht zugänglich gemacht, auch in den Fällen von Lynchjustiz in New Orleans, Tallulah, Hahnville und Greenville.

Der Essay, durch den der Fall Tallulah wieder aufgenommen wurde, stammt von Edward F. Haas: *Guns, goats and Italians: The Tallulah lynching of 1899*, verfasst für die Louisiana Historical Association, 1982.

Das Jugendbuch von Donna Jo Napoli über die Abenteuer des jungen Calogero trägt den Titel *Alligator Bayou*, erschienen bei Wendy Lamb Books, 2010.

In Italien wurden die Lynchmorde an Italienern im Süden der Vereinigten Staaten von Patrizia Salvetti analysiert: *Corda e sapone*, Donzelli, 2003.

Dem Lynchmord von Tallulah wird viel Raum gegeben in dem Buch von Gian Antonio Stella: *L'orda. Quando gli albanesi eravamo noi*, Rizzoli, 2002.

Die Schriften von Botschafter Edmondo Mayor Des Planches wurden 1913 in Turin unter dem Titel *Attraverso gli Stati Uniti per l'emigrazione siciliana* veröffentlicht.

Das Lied *Fünf arme Sizilianer* wurde während der 1950er- und 1960er Jahre von Virgilio Savona und Michele Straniero für die Gruppe Nuovo Canzoniere Italiano aufgegriffen und neu vertont.

Das erste Buch, das den Sizilianern, die Opfer der Lynchmorde von New Orleans waren, Gerechtigkeit widerfahren lässt, ist *Vendetta* von Richard Gambino, Doubleday, 1977.

Eine noch ausführlichere Rekonstruktion haben Thomas Hint und Martha Sheldon vorgelegt: *Deep Water, Joseph P. Macheca and the Birth of the American Mafia*, Universe, 2017.

Bei dem im Text genannten Buch über die Sklaverei handelt es sich um *The Problem of Slavery in the Age of Emancipation* von David Brion Davis, erschienen bei Knopf, 2014.

Sehr erhellend sind die Publikationen von Sidney W. Mintz: *Sweetness and Power. The Place of Sugar in Modern History*, Penguin Books, 1985, und von Sven Beckert: *The Empire of Cotton*, Knopf, 2014.

Über die »Leibeigenschaft« der italienischen Einwanderer auf den Plantagen von Mississippi siehe John M. Barry: *Rising Tide*, Simon & Schuster, 1998.

Das *Arkansas Historical Quarterly* hat Mary Grace Quackenbos und ihrem Bericht über die neue Sklaverei 1991 eine Sondernummer gewidmet.

Geschichten von Auswanderern in Mississippi, vor allem den sizilianischen, finden sich in *The Delta Italians*, herausgegeben von Paul V. Canonici, 2008.

Enrico Deaglio
San Francisco, April 2015

Park der Cefalutanischen Märtyrer des Rassismus
(Tallulah – USA 21-07-1899)

Giovanni Cerami – Francesco Di Fatta*
Giuseppe Di Fatta – Pasquale Di Fatta
Rosario Fiduccia

* Auf immer in zwei Welten verhaftet, werden die Namen unserer Märtyrer in mindestens zwei Schreibweisen stehenbleiben.

Statt einer Bildlegende

Die Gedenktafel auf S. 202, aufgestellt 2015 (Erscheinungsjahr der italienischen Originalausgabe, der viele weitere Auflagen folgten) im Park der Grundschule in Cefalù, ist unseren fünf Cefalutani, Märtyrern des Rassismus, gewidmet. Die Schule ist nach Nicola Botta, einem der Helden des Risorgimento benannt: Er und sein Bruder Carlo sowie Salvatore Spinuzza, der Anführer des antibourbonischen Aufstands, tauchen in Vincenzo Consolos Roman *Das Lächeln des unbekannten Matrosen* auf. Just dieser unbekannte Liparote, von Antonello da Messina in Öl verewigt, empfängt den Leser auf der ersten Seite dieses Buchs mit seinem mysteriösen Lächeln, um ihn durch die ganze Geschichte zu begleiten.

Enrico Deaglio hat sich natürlich auch am Herkunftsort der tragisch geendeten Auswanderer auf Spurensuche begeben. Zuvor kündigte er sich telefonisch beim Bürgermeister von Cefalù an, fragte, ob er die Defattas kenne, ob er über die Lynchmorde im Bilde sei.

Der Bürgermeister erstarrte, Spannung knisterte durchs Telefon. Mit leichter Panik in der Stimme hauchte er: »Wann ist das passiert?«

»Ach so, 1899, also lange vor meiner Amtszeit!«

Es ging ihn also nichts an! Ein bemerkenswertes Berufsethos, ein echt politisches Denken, ein wirklich großes Verantwortungsbewusstsein als Amtsträger wie als einfacher Bürger. Eine Haltung, die paradigmatisch ist für das viel zu kurze, ewig selektive und demzufolge nie demokratische Gedächtnis. Von heute. Millionen Italiener sind zwischen dem neunzehnten und zwanzigsten Jahrhundert ausgewandert, nach Nordamerika, nach Argentinien, nach Australien, nach Deutschland, nach Belgien und in andere Länder. Als Armutsflüchtlinge! Heute verwehrt eine rassistisch-faschistische Regierung afrikanischen und arabischen Flüchtenden – vor Armut, politischer Verfolgung – allen Menschenrechten und Seenotrettungsgesetzen zuwiderhandelnd … Rettung, Beistand, Aufnahme.
Die Buchpräsentation von *Una storia vera e terribile tra Sicilia e America* fand im Filmtheater Cinema Paradiso in Cefalù statt: jenes auch im Text erwähnte Kino, 1908 eingeweiht und heute noch existent. Wir alle kennen es! Es ist verewigt im Film *Nuovo Cinema Paradiso*, mit dem Giuseppe Tornatore 1995 einen Oskar gewonnen hat.
Ganz Cefalù war zur Buchvorstellung gekommen, keiner hatte die Defattas und die Definas gekannt. Verblüffend, angesichts der großen Scharen von Cefalutani, die nach Louisiana ausgewandert waren.
Durch Cefalù spazierend, stieß Deaglio an prominenter Stelle auf ein restauriertes Haus, an dessen Fassade ein fein säuberlich nachgepinseltes Spruchband mit einem berühmten Satz von Benito Mussolini prangte: »In sieben Monaten haben wir das Imperium erobert. Um es zu befrieden, haben wir nur drei gebraucht.« Deaglio suchte das Gespräch mit dem Hausbesitzer: Ja, er persönlich hätte die Schrift gerne überstreichen wollen, aber die Soprintendenza per i Beni culturali e ambientali habe nein gesagt! Eine Frage des »Denk-

malschutzes«! Aber Cefalù ist beileibe nicht die einzige Stadt in Italien, die das Diktatoren-Gedenken in so hohen Ehren hält.

Cefalù zählt heute rund siebentausend Einwohner. Was ihre Unkenntnis über die schrecklichen »Vorfälle« in Tallulah angeht, so haben sie da auf sehr zivile und kultivierte Weise Abhilfe geschaffen. Da Literatur in Buchform das beste und zuverlässigste Vehikel zum Wachhalten oder zum Ausgraben und Wiederbeleben von Erinnerung ist, haben sie im Anschluss an die Buchpräsentation rund 1000 (in Worten: tausend) Bücher gekauft. Wir hoffen, dass auch die deutsche Ausgabe auf diese Weise Erinnerungsvehikel wird.

Zumal es in diesem Essay nicht in erster Linie um *Sicilian Affairs*, sondern um die Infragestellung, die Bedrohung der Grundlagen der Menschlichkeit geht. Um staatlich betriebene Rassismus-Politik, die keineswegs nur eine Geschichte »zwischen Sizilien und Amerika« ist.

Monika Lustig, im Oktober 2018

Inhalt

Der Verlag dankt der Fondazione culturale Mandralisca für die einmalige Abdruckgenehmigung der Fotoreproduktion des Gemäldes von Antonello da Messina *Ritratto d'Uomo*, Eigentum des Museo Mandralisca, Cefalù, Sizilien.

Die Rechte des Fotos am Ende des Buchs, *Den Märtyrern des Rassismus*, liegen beim Autor; alle anderen Bildrechte beim Originalverlag.

Deutsche Erstausgabe

Originaltitel: *Storia vera e terribile tra Sicilia e America*

Lektorat: Monika Lustig, Bad Herrenalb
Korrektorat: Carola Köhler, Berlin

Umschlaggestaltung: Kutschera Grafik, Karlsdorf-Neuthard
Layoutgestaltung: Lisa Neuhalfen, Berlin
Gesetzt aus der ITC Berkeley Old Style von Tony Stan / Frederic W. Goudy
Druck und Bindung: Beltz Grafische Betriebe, Bad Langensalza
ISBN 978-3-9819763-1-1

GOOD FOR ONE RATION OF MEAT
GOOD FOR ONE RATION OF MEAL